KB268098

편 명

# 변 명

채수영 에세이

새미

머리말

# 내 의식의 보조 장치

　누구나 자기를 보여주는 일에는 주저할 것이다. 왜냐하면 감추고 싶고 또 저장함으로써 안도감을 가질 수 있기 때문이다. 그러나 노출에서는 누구나 불안, 은폐 혹은 은신에서는 자기를 얼마큼 보호할 수 있다는 본능의 작동도 예외는 아닐 것이다. 문학은 이런 마음에 배반으로 통하는 진실을 보여주는 결과에 직면한다. 다시 말해서 문학으로의 표현은 결국 자화상을 그리는 작업이고 자기를 철저하게 개방함으로써 진실의 숲에 들어갈 수 있기 때문이다. 이는 문학이 곧 자신을 노출하는 일에 헌신하는 작업 이상도 이하도 아니라는 점에서 또 다른 진실 찾기라면 자기 노출에 두려움이 있을 수 없다.

　문학의 숲 속에서 많은 글을 썼고, 많은 말을 했다. 그러나 말들은 날아갔고 여기 초라한 몰골의 문자만 남아있다. 형해(形骸)와 같은 내 의식의 모두를 바람에 날리고 싶지만 이도 어찌할 수 없는 숙업(宿業)인 바에야 표현의식의 보조 장치로 삼고, 나를 보여주는 일에 부족은 다음 순서에서 유창한 변명(辨明)을 내놓고 싶다.

2010.9.
문사원에서
채수영 삼가

# 목차

제1부  초록 세상

황혼에서                                    13
흙에 대한 단상                              17
초록 세상                                  20
푸른 나무 아래서의 명상                      23
시골 살기                                  27
새들의 무게                                30
사람 냄새                                  33
봄날의 단상                                36
겨울을 살아가는 새                          39
눈이 내리는 날의 소나무                      42
사는 일에 대한 명상                        45
앙상함의 철학                              48
산에 오르기                                51
야채 키우기                                54

제 2 부  몰두(沒頭)

술 ... 59

몰두(沒頭) ... 62

내가 사는 것은 ... 65

글과 인격 ... 68

사람 사귀기 ... 71

며느리 ... 74

고향 ... 78

소요(逍遙)처럼 ... 81

손자 ... 84

가족여행 ... 88

제자 ... 91

술을 마시며 ... 94

감기 ... 97

집짓기 ... 100

자식 ... 104

제3부　　문학병

한국문학의 짐 지기　　109

책　　113

시인으로 살기　　116

시 쓰는 습관　　119

서재　　122

다시 서재(書齋)　　125

문학의 임무　　128

문학병　　133

문학꾼들에게　　136

문학 도제(徒弟)의 문제　　140

변명　　143

글쓰기의 꼴불견　　146

글 공장　　151

환경과 글　　154

글은 자기를 쓰고, 자기만큼 쓴다　　157

글쓰기와 직업　　160

바람으로 지나온 나의 문학　　163

글쓰기의 변명　　167

제4부　　　은퇴

합격　　　　　　　　　　　　173
후배　　　　　　　　　　　　176
자식에 대한 단상　　　　　　180
자살의 권리　　　　　　　　183
은퇴　　　　　　　　　　　　186
어르신　　　　　　　　　　　189
의미 찾기　　　　　　　　　192
박사　　　　　　　　　　　　195
나의 문예창작과 시대　　　　198
등단　　　　　　　　　　　　204
대학교수생활　　　　　　　　208
노시인의 아들 죽음　　　　　211
추억　　　　　　　　　　　　214

제1부

# 초록 세상

# 황혼에서

　아침의 여명을 좋아하는 사람이 있고, 해지는 노을을 좋아하는 사람도 있을 것이다. 전자에는 경건(敬虔)과 신선함에 뜻을 맞추려는 발상이라면 황혼 앞에 머리 숙이는 일은 낙조의 환상적인 아름다움의 풍경화에 젖는 일이 될 것이다.

　내 서재(書齋)는 화려하다. 온통 사방이 이중 유리창으로 바라보는 동쪽과 서쪽의 구분이 없는 하늘이 들어와 있고 여기서 나는 시를 쓰고 수필을 쓰고 또 비평의 긴 호흡을 함께한다. 안 가서 모르는 일이지만 설계자의 말을 빌리면 이탈리아 Napoli에 Casa Malaparte를 본떠서 지은 집이라고 한다. 아침에 서재로 올라오면 나는 차를 마시고 이내 글을 점검하고 피곤하면 눈을 들어 멍청하게 주변을 검색하는 두리번거림이 나의 일상이다. 나의 이런 호사는 과분한 것일지 모르지만 대학 퇴직이후 꿈을 실현한 노년의 행복이기도 하다. 마국산을 정면으로 의자가 고정되고 좌측으로 22.5도쯤 눈을 돌리면 소나무 사이에서 아침 해가 떠오르고 한낮은 온통 햇살이 나의 서재를 장악하는 일로 심지어 한 겨울에도 섭씨 30도에 이른다. 다시 앉아있는 의자에서 90각도쯤 눈을 돌리면 해는 노을을 대동하고 작별을 고하는 저녁이 온다. 파도가 울렁이는 것도 아니고 변화가 요동하는 바다도 아닌 농촌의 한

적하고 아늑한 공간에서 옆으로 지나가는 자동차의 속력이 고작인 평범한 마을이지만 새들이 번다히 출몰하면서 살아있는 풍경을 연출하는 것도 구경이라면 구경인 나의 주변이다. 이름하여 문사원(文士苑) 풍경이다.

이곳에 정착한 이후 나는 황혼의 마니아가 되었다. 너무나 아름다운 경치를 주체할 수가 없기 때문이다. 물론 이 같은 아름다움은 자주 내 작품에 등장하는 친근한 시어로 나타난다. 흔히 황혼을 나이의 깊이에 비견하지만 대부분은 아름다운 저녁 무렵을 뜻하는 것이 사실이다. 내 마음에 깊게 각인된 일이 황혼의 이름이기 때문이다. 서울에 살 때 만 해도 가끔 바라본 경치였고 아름다움의 기억이었지만 정작 황혼의 이름이 절친하게 다가온 것은 이곳에 정착 이후의 현상이다. 가까이 가면 모든 것이 새로워지고 뜻이 돈독해지는 이치가 적용된 것이다. 사람의 사랑도 기실 가까이 다가가면 따스해지는 체온을 나누는 것이나 하찮은 물상도 다시 새로워지는 것과 같은 의미가 적용된다. 황혼의 무렵이 되면 나는 모든 것을 중단하고 사라지는 순간을 향해 경건한 묵상의 시간을 갖는다. 마치 다시 못 볼 영원한 작별을 전별하는 모습처럼……

이때마다 인생의 의미 혹은 내가 살고 있는 이유 또는 지나온 것들에 대한 애착이 물살로 일렁인다. 그리고는 다시 시의 숲으로 눈을 돌리면 황혼이라는 시가 많아지는 이유가 되기도 한다.

황혼 혹자는 마지막을 의미한다 하지만 마지막은 아름다움이라는 것보다 애달픈 의미가 승할 것이다. 그러나 황혼에 앉아있으면 떠오르는 아침과 다른 것은 하루의 여정을 무사히 혹은 무심결에 맞이하는 것에 대한 깨달음이라면 이 무렵의 인간의 심정이 자연스레 완화된 정서를 소유한 시간일 것이다. 격정과 고달픔에서 벗어나는 시간엔 누구나 경견하거나 참회의 묵상을 갖는 일이 많을 것이기 때문이다. 때문에 나는

저녁답의 온화함을 좋아한다. 새들이 찾아갈 날갯짓이 분주하고 인간
들은 저마다 가정으로 돌아가 꿈꾸기를 연상하는 시간의 숲이 펼쳐지
기 때문이다. 돌아가는 것은 아름답다. 저마다의 길이 열리고 길을 따
라 꿈꾸기를 소망하는 시간의 문이 열리는 신호가 황혼이기 때문이다.
하여 다음의 내 졸시(拙詩)는 그런 길로의 의식이 지나가고 있음이다.


　　황혼을 맞이하는 즈음이면
　　서서히 따라오는 어둠의 무게
　　깊이 모르는 심연에
　　내 삶은 물들고 있네

　　여명(黎明)보다 다정한 것도
　　동반의 발길
　　불빛이 어둠을 입고 있는 여정은
　　젊은 날에 나누었던 이야기를 꺼내는 사연
　　새삼 적요(寂寥)에 서성이는 바람 같아
　　손짓만 외로운 불빛 앞에 서있네

　　내 다시 돌아가야 하리 묻어두었던 지도를 꺼내
　　오솔 바람에게 소식을 물어 물어서라도
　　사랑했기에 설혹 외로웠다해도
　　마지막 장면 앞에 피 흘리는 전사처럼
　　고와 서러움이 밀려오는 황혼에
　　몸을 맡기는 풍경이 되라하네

<황혼의 입구에서>

　내게 다가온 황혼은 쓸쓸하거나 가두어놓은 것 같은 우울도 아니다. 정서감염이라는 말이 있듯 아름다움에 동화되려는 것은 인간의 순수 정서라면 나는 지금 그런 감염의 물이 드는 행복일 것 같다.이는 아름다움으로 채색되는 내 삶의 풍경화이고 내 인생의 한 장면으로 설정된 모습이기 때문에 친근하게 바라보는 경치일 뿐이다. 그러나 초절주의를 꿈꾼 H. D. 소로우의 숲도 아니고 니체가 사색의 길을 소요한 숲도 아니다. 다만 내가 살아온 긴 여정을 아름답게 소화하는 노년의 언덕에서 바라보는 풍경화라면 좋은 답이 될 것 같다.*

# 흙에 대한 단상

TV에 달인(達人)이라는 프로를 가끔 본다. 능숙하고 혀를 내두를 만큼 일을 처리하는 속도와 지혜가 남다름을 본다. 농촌에서 농사를 짓는 사람들도 이런 자격을 갖춘 사람이라는데 이의를 제기할 사람은 별로 없을 것이다. 수십 년 동안 한 가지 일에 몰두하다 보면 이런 칭호를 받는 것은 당연한 일이지만 일하는 방법이 남과는 좀 더 다름이 있기에 뛰어난 성과를 올리는 점이 달인들의 특징이다. 그 첫째는 자기 일에 만족하고 거기에 혼신의 노력을 다하는 점이고 두 번째는 일을 처리하는 방법의 차이를 느낄 수 있다. 이는 지혜라는 말에 해당될 것이다. 글쓰기도 그렇고 세상의 모든 분야의 일은 얼마나 자기 일에 자부심을 갖고 열성으로 처리하는 가에 따라 칭호는 다를 수 있을 것이라는 증명일 것이다.

나는 도시에서 자라난 사람으로 흙을 이야기 한다는 것은 지극히 단편적인 것인 양 말하는 결국 거짓과 위선의 형식적인 모습일 것이다. 대학을 퇴직하고 시골에서 땅을 마주하는 일로 벌써 상당한 시간이 경과했다. 이젠 어느 때 쯤에 무엇을 파종하면 되고 또 어떻게 땅을 일구고 모종을 심어야하는 일은 대충―처음엔 기록으로 남기면서 숙달했지만 이젠 기록이 없어도 때를 아는 즈음에 이르렀다. 제초제를 안 뿌리면 잡초와의 싸움에서 승리할 수 없다는 체념과 공존의 원리―소득이야 별로 신통치 않겠지만―이런 원리를 아는 데는 상당한 시간이 경과했다.

흙은 정직하다고 흔히 말한다. 물론 피상적으로 보면 콩 심은 데 콩 나고 팥 심은 데 팥 나는 이치를 말하자는 것이 아니다. 흙에도 관심과 정열이 투척하는 만큼 정직하다는 점은 피상적인 의미와는 다르다. 모든 것을 수용하는 흙의 미덕은 독약조차도 받아들이는 사랑의 모태가 바로 흙이라는 경지에 이르면 위대한 표상으로 받들어진다.

퇴직 이후 거의 서울에 가고 싶지 않은 이유는 흙에 대한 친근미 때문이다. 딸이 대학 강의가 있는 날이면 손녀를 돌보기 위해 아내와 서울 가는 일이 고작이고 가급적이면 시골에서 산다. 글을 쓰다 답답하면 한 바퀴 돌아 다시 서재에 앉아 글을 잇고, 메일을 보내고 원고를 보내는 일이 하루의 일과가 되었으며 그 사이마다 작은 땅을 일구고 씨앗을 뿌리고 가꾸는 일이 고작이고 과일나무를 바라보는 것으로 봄을 보내고 다시 여름 지나 가을의 열매를 바라보는 일이면 일 년이 직장의 시기보다 더 잘 간다.

도시에서는 사람과의 교류에서 시작되고 마감될 뿐만 아니라 그 사이에서 배반과 시기와 싸움이 일어나는 일은 흔한 일이다. 내 70여 년을 도시에서 외로운 이유는 바로 그런 관계설정에서 외톨이 사고를 가졌다는 성미에 있을 것이다. 위장해야 되고 비위를 맞추는 일이 능숙해야 되고 또 칼날 같은 이득을 위해 마음을 굳게 가져야 한다는 것은 여간 피곤한 일이 아니다. 때문에 인간관계가 기계적인 상황을 유지한다는 것은 여간 괴로운 일이 된다. 그러나 시골에서 사는 일은 이런 관계 설정이 없어도 하루를 무사히 보낼 수 있고 편히 잠들 수 있는 이유가 보인다.

　주변의 잡초를 제거하는 일은 여간 괴로운 일이 아니지만 땅을 살리는 일이 곧 사람의 삶과 직결된다는 생각에서 약을 버리고 고생을 선택했다. 몇 년이 지나 지렁이가 여기저기서 보이고 또 삼복더위에 뱀이 집 안 거실로 들어오는 에피소드까지 경험했다. 그러나 뱀이 살 수 있고 지렁이가 살 수 있다는 것은 땅에 믿음을 보냈기 때문에 경험하는 일이라 여기면 안도감을 갖게 된다.

　일하면 일하는 만큼만 돌려주는 애정을 보내면 그만큼 신뢰를 보내는 땅에 대한 대화는 우선 믿음이 있기 때문이다. 도시의 인간에게서 느끼지 못하는 생각은 내가 글을 쓰는데도 많은 영향을 주고 있다. 자연에 대한 관념적이고 피상적인 사고보다는 체험에서 얻어진 느낌이 오히려 명료해지는 일은 스스로 변화에서 얻는 소득일 것이다. 하루 중 서재에서 거의 보내는 나는 수시로 땅을 밟고 돌아온다. 그리고 땅을 파고 덮고 다시 일구고를 반복하는 일이 일과다. 심지어 한밤에도 불면의 서성거림에는 땅을 밟고 잠자리에 들어감으로써 안도감을 갖는다. 물론 고독이라는 원천적인 그림자를 뗄 수는 없을지라도―도시에서의 공허는 더할 것이지만―후회 없는 땅과의 접촉이다. 씨앗을 뿌리면 그 씨앗이 나오고 바람이 불면 흔들리는 나무들의 군무(群舞)를 내려다보노라면 땅에 뿌리내린 생명이 얼마나 대단한가를 실감한다. 그렇다면 내 도시에서 일생을 보낸 소득은 지금 무엇으로 이름을 붙일 수 있는가? 그 대답은 허무라는 명칭이 옳은 이름일 것 같다. 씨앗을 뿌리고 들어와 글의 맥을 잡는 나는 흙에 대한 찬탄이 아름다움 같다. 아직도 초보라는 명칭이 옳은 것이지만 초보일수록 아는 체 하는 내가 우습다.＊

# 초록 세상

마음을 안정시켜 주는 것이 무엇일까? 좋아하는 사람의 곁에서도 느낄 수 있을 것이고 친구의 곁에서도 안도감의 마음을 가질 수 있을 것이다. 그러나 시시로 변하는 사람의 마음 때문에 긴장을 가져야 하고 조심스런 행동을 가져야 할 것이지만 푸른 하늘에서는 또는 초록의 산천에서는 이런 부담이 없어 평안할 것이다.

하늘은 가을 하늘이고 초록은 봄날의 풍광을 보노라면 우선 편안하고 아늑한 마음을 갖는다. 쟁그랑거리는 가을 하늘에서 눈물같은 마음이 하늘과 맞닿는 순간 이 세상의 때는 모두 씻겨 나가고 오로지 순정함으로 평화를 가져오는 색채의 순화일 것이다.

그러나 봄날의 환희는 아무래도 연민으로 시작될 것이니, 추운 날씨가 지나가는 과정에 낀 봄날의 변화는 돋아나는 싹에겐 가엾은 일이 아닐 수 없다. 오죽해야 춘래불사춘(春來不似春)이라는 말이 설득력을 가질 것인가. 그러나 하루 중에서도 순간순간이 다른 것은 봄날의 변화를 지켜본 사람이면 금시 알 수 있을 것이다. 왜냐하면 아침에 다르고 저녁에 다른 모습으로 나타나기 때문이다.

봄날의 꽃은 우선 노랑색 그리고 흰색이 앞자리를 차지하는 것 같다. 물론 개나리 혹은 산수유가 먼저 핀다 하지만 땅 아래 깔린 작은 풀들—입맛을 돋우는 냉이꽃 또한 하얀 색이라면, 꽃다지 또한 노랑으로 땅에 붙어 잘 보이지 않는 것이다. 누구나 그렇듯 높이에 혹은 키가 큰 꽃에 탄성을 보내고 찬탄의 말이 이어지지만 실상은 낮고 작은 꽃에서 정교하고 기하학적인 대칭의 모습을 발견할 수 있고 향 또한 예외가 아닐 것이다. 이런 착각 현상은 사람이 살아가는 데 어쩔 수 없는 일인지 모르겠다.

권력자 앞에서 고개를 굽신거리고, 부잣집 앞에서 구걸하지 않고 사는 것은 선비의 몫이 아닐까? 글 쓰는 사람은 적어도 정신가치로 살아가는 사람이기 때문이다. 권력의 서열이 아니고 그리고 물질에 농락당하지 않고 살아가는 일이야 말로 자기중심을 가지고 살아가는 사람일 것이다.

작은 꽃들의 모습은 기실 초봄에 맞이하는 잔치일 것이다. 작고 보이지 않다 해서 외롭게 피는 꽃에 나비조차 접근하지 않는 것은 슬픈 일이다. 나비가 접근하기엔 너무 작은 꽃의 존재이기 때문이다. 나비의 가벼운 무게를 감당하지 못해 지질리는 냉이꽃 혹은 쇠별꽃들의 모습은 생래적인 고독을 몸에 이고 태어났는지 모를 일이다. 룻소의 〈인간 불평등 기원론〉—태어난 인간은 차별이 없지만 교육이나 환경 등 살아가는 여건에 따라 차별화되는 이론이다. 어쩌면 고독한 모습으로 피었다 지는 작은 풀꽃들의 운명은 외부의 시선을 불러 모으지 못하는 고독한 존재일지 모른다.

봄의 중반으로 지나면 점차 아우성 혹은 미친 듯이 피었다 지는 꽃들의 변화는 현란하고 어지럽다. 순식간에 초록으로 갈아입은 산의 모습을 뿌연 안개 같다가는 금시 개이는 것 같은 일이 반복되면서 지나간다. 자연의 법칙은 우주의 운행 질서에 맞추어 적자생존의 일이 진행된다. 물론 나무나 풀들도 상대와 싸움을 벌이고 승리한 자가 주변을 독차지하는 일은 먼 산을 바라보면 일정하게 군집(群集)을 이룬 것들이 이를 증명한다. 이로 보면 인간사나 나무나 잡초에 이르기까지 일이관지(一以貫之)의 엄정한 룰이 지배하고 있음을 알 수 있다.

멀면 녹색이고 가까우면 초록의 색깔이 지배하는 봄날의 세상이 여름을 불러오고 있다. 그래야 다시 가을이 오고, 겨울—이런 순환의 되풀이에서 사라지고 다시 이어지는 운명의 길로 저마다 운행의 속도를 가지고 있다. 인간은 간섭할 일이 없고 오로지 따라가면 되는 숙명의 길인지도 모르겠다. 설사 간섭한다 해도 자연의 법칙은 다시 원점으로 돌아가는 일이 있을 뿐이고, 재앙으로 간섭의 대가를 받기 마련이다. 지금은 4월 중순—벚꽃이 지고 복사와 배꽃이 한 달여 빨리 만개하였지만 매연과 문명의 해악이 자연의 운행에 어긋난 간섭의 효과를 불행으로 증명하고 있다. 초록의 생명이 평안과 안식을 주는 오늘이 가기 전에 인간은 겸손과 고개를 숙이는 자기 찾음이 필요한 봄날의 꽃들은 또 지고 있다.*

# 푸른 나무 아래서의 명상

## 1. 색채와 일상

주흥사가 지은 <천자문>의 처음은 천지현황(天地玄黃)으로 시작한다. 하늘은 어둡이고 땅은 노랗다는 우주의 모습을 색채로 시작(詩作)한 상상력은 가히 절묘한 과학이 들어 있다. 인간은 색채에 반응하면서 기분의 변화를 감내한다. 다시 말해서 병원은 하얀색으로 치유의 심정을 안도감으로 유도한다면, 파장이 가장 긴 노란 색은 아이들의 심성을 편안하게 하는 의미가 있어 좋아한다. 물론 색채는 민족에 따라 다르고 관습에 따라 독특한 형태로 형성된다. 중국에서 관료들이 검은 옷을 입고 일을 한데서 검은 색은 관청의 색으로―황하강의 범람을 일상적으로 체험한 중국 사람들에겐 황색이 가장 친근한 색이 되었다면 우리의 백의민족―백색은 신분이 가장 낮은 백성을 암시했다. 백색이 순결이라는 말들은 모르는 데서 나타난 무지이다. 반면 빨간(자주)색은 권력의 정상을 암시한다. 인주(印朱)에 빨간색을 쓰는 이유는 권력이 인정하는 의미―요즘 돈은 이런 역사적인 현상을 외면하고 푸른색으로 찍혀 있는 것은 전거를 무시한 일이다. 삼국시대는 신분에 따라 세 가지 색으로 구분해서 옷을 입었고 심지어 마차(馬車)나 집의 높이, 굴뚝의 높이, 대들보 기둥의 형태, 땅의 소유 등은 모두 제한되어 있었다.

　세상 사람들이 가장 좋아하는 파장이 짧은 청색—cyan이다 그 다음은 녹색이 된다. 하늘색은 위안을 주고 안도감을 준다. 안도감을 주는 것 때문에 푸른 나무아래서 꿈을 꿀 수 있게 된다. 인간이 가장 억울했을 때 땅을 보는 것이 아니라 하늘을 보면서 위로의 마지막을 삼는 일들은 색채와 상관이 있는 일이다. 우주공간에 빛이 없으면 색채는 살아나지 않고 오로지 검기만 한다.

　사람은 색채의 옷을 입고 산다. 계절마다 다른 색—개성을 나타내는 방편으로 색채는 인간의 정서를 안정시켜주기도 하고 또 그 반대의 효과도 나타낸다. 하늘의 태양이 있기 때문에 빛에서는 색이 살아나고, 빛이 없으면 죽음의 검은 행진이 이어진다. 가령 빨주노초파남보를 물감으로 칠해서 돌리면 검은색이지만 빛으로 투사하여 돌리면 흰색이 된다. '우리가 깨어서 기다리는 그날에만 동이 트는 것이다. 동이 트는 날은 또 있다. 태양은 단지 아침에 떠오르는 별에 지나지 않는다.'(소로우)처럼 태양이 떠있는 하늘아래 삶은 빛에서 색채의 이름 속에 파묻히게 된다.


　2. 사람의 생활에서 어떻게 사는가도 중요하지만 어디서 사는가도 중요하다. 孟母三遷之敎의 교훈은 환경이 인간에게 얼마나 중요한가를 지적하기 때문이다. 미국의 타샤 투더는 동화작가이자 삽화가로 어린이를 위해 책을 쓰고 꽃과 동물을 주제로 편지지를 디자인하기도 한 —30만평의 땅에 조용한 정원을 가꾸면서 살아가는 그리고 1800년대의 옷을 입고 정원을 손수 가꾸는 90세의 할머니를 가장 행복한 사람으로 여기게 한다. 아울러 월든 숲에서 고독을 즐기고 콩밭을 일구면

서 호수의 생활을 즐긴 소로우의 일생도 떠오른다. 편리와 환금(換金)성이라는 미명(美名)에 아파트 공화국을 형성한 도심의 생활―그러나 나이를 먹으면 전원생활에 꿈을 싣는다. 복잡보다는 단순의 의미를 알게 되고 정치(精緻)한 메커니즘에서 편안함을 추구하는 일이 위안을 주기 때문이다. 이 쯤 되면 돈이라는 의미와 권세라는 의미가 허무라는 옷을 입기 때문에 가치의 개념에서 멀어지는 때가 된다는 뜻이다. 꽃을 가꾸고 호수를 거니는 튜더나 소로우의 경우는 좀 별난 일이지만 확실히 땀과 노력으로 가꾸면서 바라보는 곳에 행복한 위안이 있다는 전달은 명백하다. 왜냐하면 노력으로 만나지 않는 행복은 이미 행복이 아니기 때문이다.

3. 채소밭을 일구는 일은 우선 풀과의 전쟁이다. 하긴 제초제를 뿌리면 그만이지만 그건 할 일이 아니다. 풀을 무자비하게 죽이면 그 보복은 자신에게 부메랑이 되어 돌아오는 재앙이 되기 때문에 손으로 뽑아내지만 역부족을 실감하게 된다. 그러나 작은 풀꽃이 피는 신기함은 소득의 즐거움보다 더 아름답다는 이치를 알기까지는 마음을 비워야 가능한 일이다.

푸른 초록의 아름다움은 몸소 겪어보지 않으면 이해가 불가능하다. 노동의 땀을 흘린 뒤에 푸른 나무 아래서의 바람은 천사의 소식을 듣는 일이고 꽃들의 향기아래 거니는 묘미는 이 세상의 지고한 가치를 획득한 사람이 된다.

푸른 녹음이 짙어지는 5월의 들판을 바라보면서 내 거처 문사원(文士苑)에서 꿈을 꾼다. 그리고 거대한 녹음이 얼마까지 퍼질 것인지를 꿈속에서 염려스레―지구가 녹음의 무게에 짓눌리지 않을까에 망상을

갖는다. 그러나 이런 망상은 눈을 뜨자마자 아름다움에 다시 취하는
행복에서 푸른 나무 아래서의 꿈꾸기는 길을 잃는다. 설혹 헤매이다
영영 미아의 신세가 될지라도 오월의 신록 아래 가슴조차 푸른 물이
드는 이 곤혹을 어쩌랴?*

# 시골 살기

젊은 날은 도시에 살다 나이가 들면 시골로 내려가 전원생활을 즐긴다는 말은 일종의 선망적인 말이 되고 있다. 산뜻하고 아담한 집을 언덕 위에 짓고 사랑하는 사람과 함께 살아간다는 것은 꿈같은 일이다. 그러나 그 실상은 생각처럼 환상으로 처리할 일이 아니다. 환상 속에는 항상 경계의 요소들이 움틀 거리고 있기 때문이다.

나는 퇴직 일 년을 앞두고 이런 꿈을 실현하는 모험을 실행으로 옮겼다. 우선 모험이라는 뜻은 기반이 된 도시 체질을 시골에 맞춘다는 것이 용이하지 않다는 점에서 사용된 말이다. 그 첫 째는 낯선 사람과의 새로운 관계설정일 것이다. 시골에서 평생을 살아온 사람들의 사고와 체질이 도시에서 들어온 사람과의 관계설정이 어렵다는 것은 가히 상상만으로도 이해할 수 있기 때문이다. 음식을 먹는 방법 그리고 대화의 방법 또는 피곤으로 관습이 된 일찍 잠이 드는 수면 등 도시에서의 체질을 가진 사람으로서는 당연히 소통이 안 되는 점을 알아야 하기 때문이다. 초인종이 있어도 초인종을 누르지 않고 불쑥 집안으로 들어오는 무례-그리고 성격-절대로 겉으로 드러난 표정과 실속은 차이가 있음을 아는 데는 한참 시간이 걸린다는 것을 깨달아야 한다. 다시 말해서 순진한 그리고 소박한 마음으로 선입견을 가지면 실망이 앞서 찾아온다. 그렇다고 부정적인 생각을 앞세우는 것 또한 잘못이지만 소통의 문을 열기까지는 누구나 실망의 길을 방황하게 된다는 사실을 이해해야만 한다. 이는 삶의 방법에서 터득된 차이가 있기 때문이다. 그리고 노동을 모르는 도시체질의 사람이 힘겨운 노동으로 일과를 지나는 시골 사람들을 쉽게 이해 할 수 있다는 것은 거짓이다. 때문에 경계의 눈초리로 이질성을 느끼는 것은 당연한 일이다. 놀고먹는 일이 아닌 다음에야 시골에서도 뭔가 공통분모는 있어야 대화의 물꼬는 터질 수 있을 것이다. 그러나 이 문제는 태생적인 한계—환경이 다른 곳에서 나타난 문제가 하루아침에 서로에게 만족을 줄 수는 없는 일이기 때문에 일정한 거리가 존재할 수밖에 없다. 이 문제는 극복의 문제가 아니라 위장의 문제로 풀어야 할 것이다. 일종의 비위 거슬리지 않기 혹은 함께 손뼉 치는 운동이 아니면 어긋난 각도에 머물 수밖에 없다. 때문에 일정한 거리—모순이지만 엄존하는 것 같다. 왜냐하면 이방인의 냉대로 시작해서 녹아든다 해도 본질은 아니기 때문이다. 한 가지 예를 든다면—마을 뒷산에서 골프장이 건설—우선 반대한다. 죽기 살기로 반대하고 보면(대체로 반대부터 먼저 한다) 그 대가는 돈으로나 이득 되는 조건으로 흥정을 하기마련이다. 마을에 얼마의 돈이 나오면 공평하게 주민들과 협의하여 처리하는 것이 아니라 자기들—예로부터 살아온 토착인들 끼리—전화로 어느 장소에 모이라는 전갈—대체로 마을의 전달사항은 스피커를 통해 알리는 역할을 하지만 이 경우는 토착인 끼리 적당한 선에서 처리하는 방법을 쓴다는 말을 우연히 들었을 때 얼마나 신뢰에 강물이 흐르겠는가? 이런 현상은 끼리끼리 문화라는 점에서 슬픈 일이다.

하기사 사람 사는 일만 아니라 살아있는 모든 생명체는 자기중심의 세력 확장에 고심하는 일은 비단 사람으로 한정할 일은 아니다. 멀리 바라보이는 산정에 나무들조차 치열한 싸움으로 세력을 확장하는 모양은 흔한 일이다. 무리는 무리를 이루어 살아가는 일은 자기존재의 지속을 위한 일이기 때문에 이를 벗어나는 일은 곧 현명한 생각-서로 화해하고 공존하려는 접점을 찾아야 한다는 결론이 초라한 일일까 모르겠다.

가령 원칙대로 주장하면, 서울 사람들은 너무 야박하다는 말을 수없이 들어야 한다. 이런 현상은 자기들의 일엔 관대하고, 정당히 내 것을 주장하는 일에 시비를 거는 일은 자주 만나는 사례 중 하나일 것이다.

나는 노년을 시골에서 살아가는 일에 재미를 익힌다. 오로지 글을 쓰는 일에서 완전 자유롭고 서울과 담을 쌓아도 풀들과 대화를 나누는 일에 흥미의 모두가 하루의 일과이기 때문이다. 사람과의 관계설정이 매우 까다롭고 또 시비 발생 등 헤쳐야 할 일이 줄어든 것만큼 나는 자유로운 삶을 살고 있기 때문이다. 그러나 시골살이는 적당히 고독의 의상을 입고 있다는 자각을 앞세우는 일이 또한 필요한 일이다. 이점에서 낙향이라는 말이 더욱 실감나는 용어인지 모르겠다. 가축 냄새가 나도 참고 견디는 일이 일상이 되었고-글 쓰다 지루하면 밀짚모자를 눌러쓰고 배회하는 흙과의 만남이 지루하지 않기 때문이다. 그러나 대화가 때로 필요한 것은 어쩔 수 없는 갈증인 것도 사실이다.*

# 새들의 무게

하늘을 날으는 거대한 여객기를 볼 때마다 날을 수 있는 힘은 무게가 아니라는 생각을 하게 된다. 국제선의 여객기는 가히 엄청난 무게를 갖고도 날렵하게 하늘을 배회하면서 목적지를 무사히 찾아가는 놀람은 결국 인간을 경외의 대상으로 생각하게 한다. 가히 인간의 지혜의 끝이 어디까지 진행할 것인가를 생각하는 일은 문명사의 진화 앞에 생각의 탑이 멈춘다. 멀고 먼 별에 당도하기 위해 꿈을 현실로 바꾸는 노력은 달에 이르고도 여전히 계속되는 진행형이다. 날아보겠다는 허황된 꿈이 그런 소망의 단계를 몇 개 넘어 무한의 우주를 유영하는 일이 오늘의 과학이기 때문이다.

나는 전원생활에서 살다보니 어느새 날아다니는 것에 경도된 스스로를 발견한다. 새들의 비상이 신비롭고 그들만의 생활이 경이롭다는 생각을 갖게 되었다. 휘어지는 가느다란 나뭇가지에 사뿐히 내려앉는 것은 무게가 아니라 본능에서 나오는 어떤 것인 듯이 생각된다. 그런가 하면 비가 억수로 오는 날에도 전신주에 앉아있는 뻐꾸기의 모습을 보노라면 측은해진다. 아울러 죽은 나무를 피해 앉는 저들의 본능은 신비로움을 갖게 한다. 새들마다 저마다의 착지에 특징이 있다. 작은 곤줄박이나 박새들은 조심스러우면서도 경박스럽다는 편이 좋을 것 같고,

까치는 뒤꽁무니를 흔들면서 먹이가 있는 곳에 앉는 모습은 지능이 보통은 아닌 것 같다. 그러나 참새는 이리저리 옮기는 폼이 가볍다.

한 여름에 잡초는 가히 무섭다. 비만 오면 제 키의 높이를 훌쩍 넘는 것은 다반사이고 7, 8월의 잡초는 가히 점령군과 맞먹는 기세다. 낮으로 벤다해도 금시 자라고 도저히 대적의 상대가 아닌 오랑캐무리처럼 꽹과리와 아우성으로 무작정 밀려온다. 제초제를 뿌리지 않는 우리 집 정원은 풀들의 낙원이다. 여름 소나기만 와도 왕성한 식욕을 자랑하면서 덤벼드는 품이 여간 무서운 기세가 아니다. 그러나 여름이 지나 정원을 돌아보면 어김없이 새집을 발견한다. 아마도 작은 새의 집이기에 풀숲 작은 나무에 집을 정교하게 짓고―이미 빈집이다. 겉은 투박하지만 새집 안은 솜털로 보송보송하고 부드럽게 치장을 했다. 이처럼 정교하고 부드럽고 아늑한 집을 지을 수 있는 모성애를 굳이 인간에게서만 찾는다는 것은 어불성설이다. 그러나 비둘기의 집은 가히 엉망이다. 그야말로 얼기설기 엮어서 겨우 알이 안 빠질 정도의 집―그 위에 알을 낳고 품어 새끼를 키우는 일도 위태로울 지경이다. 그러나 어느 새들이든 새끼를 위해 헌신하는 모습은 인간만의 모성애를 독점하는 것 같은 발상은 위험한 판단이다. 까치집의 정교함에는 아무리 정치(精緻)한 인간의 설계라 해도 까치집에는 감탄해야만 하는 공학이 담겨 있어 놀랍다. 이런 현상은 결국 종족 보존의 본능이 정교하고 치밀하고 따스한 집으로 나타난다.

욕심 없는 하루를 위해 비가 오나 눈이 오나 창공을 배회하는 모습은 부지런이고 본능일 것이다. 자기만을 위한 배회가 아니고 끝까지 새끼를 위해 자기를 버리는 일이야 말로 위대한 모성애의 본질일 것이기 때문이다.

새들이 하늘을 날아다니는 것은 낭만이 아니다. 오로지 생존의 길을 넓히기 위해 치열한 존재와의 싸움이라는 상태를 인간은 낭만의 수식사를 붙여 자기합리의 변명을 늘어놓는다. 이처럼 사물의 진면목을 들여다보면 엄정한 차이가 있음을 인간위주로 설명하는데서 변명이 길어진다. 지난 겨울에는 후배 시인의 권유로 쇠기름을 나무 끝에 매달아 놓고 분주하게 움직이는 새들의 모습을 감상할 수 있었다. 단백질이 부족함을 알고 이걸 채우기 위해 쇠기름에 찾아드는 새들의 모습은 슬픈 모습의 자화상을 연상하게 되었다. 그러나 얼마만큼의 먹이를 쪼으고 나면 어김없이 양보하고 떠나는 뒷모습에는 욕심이 없었다. 잠시의 만족을 하루의 만족으로 알고 떠나는 일이야 말로 평화로움을 전달해주는 모습이었다. 아마 다가오는 올해 겨울이나 다음에도 이런 봉사를 계속할 마음—우선 활기찬 새들의 모습에서 나 스스로를 발견하는 길을 묻기 위해서이다. 돌이나 작은 미물에서 조차 반면교사의 배움은 들어있기 때문이다.

서재에서 바라보는 하늘은 항상 새들이 배회하고 머물고 날아다니는 숲속의 주인이다. 벼가 자라는 한참 더운 날에 노란 꾀꼬리가 분주하고 이 무렵에는 어김없이 슬픈 듯 울음 우는 자규(子規)의 탄식은 한층 애절하다. 하여 우리 집 제2서재—여름 서재의 이름은 새들의 소리를 듣는 청조헌이란 이름도 새들의 모습에서 내 삶의 길을 발견하고 싶은 의도일지 모른다.*

# 사람 냄새

    사람은 저마다의 냄새를 가지고 있다. 이를 인품이라 칭할 수도 있고 지성이라 부를 수도 있을 것이다. 그러나 자마다 사람의 특성이 있음을 오래 교류하다보면 자연스레 향기를 발산한다. 다시 만나고 싶은 생각이 없는 사람이 있고 또 자꾸 만나고 싶은 사람도 있다. 또한 이기적인 사람이 있고 남을 배려하는 사람도 있을 뿐만 아니라 헌신적으로 살아가는 사람도 있다. 그러나 대부분 좋은 사람의 향내가 나는 경우가 많지만 더러는 이기의 함정에 자기만을 앞세우는 사람을 보면 외면하는 일이 적당한 타협이 된다.

    어느 모임이나 어떤 단체엔 꼭 그런 사람이 있다. 선량한 사람들은 대부분 자기를 앞세우지 않기 때문에 의사결정의 문제에 당면하면 침묵으로 지나가는 경우가 다반사일 것이다. 반면에 자기를 앞세우는 사람은 항상 끈질긴 자기욕망의 길을 확보하기 위해 수단과 방법을 동원하여 사욕을 완성하는 모사의 치부가 진행형이 된다. 그러나 늦지만 언젠가는 불합리의 그물막이 벗겨지고 마침내는 외면당하는 일이 정도(正道)로 자리 잡는다. 이때의 시간은 매우 더디고 완만하지만 결국 기다리면 제풀에 넘어지는 일이 당연하게 된다.

    세상사는 이처럼 항상 두 개의 구분 속에서 진행된다. 이를 굳이 악이나 선이라는 단어로 정리할 수는 없지만 자기를 모르기 때문에 빚어지는 욕심의 함정에 빠진 사람의 경우는 누구나 될 수 있다. 이 때문에 항상 자기를 수련하고 깨닫기 위해 노력해야하는 일이 앞서야 될 것이다. "너 자신을 알라"의 평범한 소크라테스의 거울론은 자기를 반추하면서 자기를 건지는 작업일 것이다. 인간은 이성의 성을 굳게 지키려 해도 항상 반대로 길을 만드는 일에 유혹을 견디는 일은 많이 다가오기 때문이다. 죽는 날까지 자기를 돌아보아야 할 사명은 항상 깨어있어야 한다. 그러나 생래적으로 부정적인 사람이 있다. 이를 사상적인 측면으로 살핀다 해도 그 사람의 특성으로 굳어지면 고치거나 수정하는 행동에는 한계가 노중된다. 아마도 이성보다 더 굳은 것이 환경적인 영향이 된다면 그럴 수도 있을 것이다. 자라난 환경이나 교육에서 형성된 성품은 화석화된 이념을 이룰 수 있는 여지가 많을 것이다.

양보하고 겸손하고, 남을 세울 줄 알고, 자기의 높이를 가늠하지 않고, 낮추는 일이야 말로 사람 냄새 중에 가장 향기로운 일이 아닐까. 그러나 이런 요망은 항상 어려운 벽에 함몰되는 경우가 많을 것이다.

나는 대학 교수들에서 가장 많은 이기의 욕망을 많이 보아왔다. 학문적인 오만이야 당연한 일이고 그래야 한다. 그러나 학문이 아닌 인간적인 오만은 결코 바람직스럽게 학문하는 사람의 태도가 아닐 것이다. 물론 남을 업신여기는 교수가 대부분은 아닐지라도 아마 가장 높은 비율로 나타날 것이다. 특히 보직이나 앞세우고 학문과는 상관이 없는 사람들일 수록 이런 치기(稚氣)는 더욱 많은 편이다. 학문은 탑이라야 한다. 이는 학문 속에 인격조차 들어있을 수 있기 때문이다. 열성으로 연구하고 찾고 노력하는 자세에서 비로소 성과 있는 학문은 이룰 수 있을 것이라는 생각이다. 자리나 염탐하고 시기하고 질투하면서는 학문의 길은 결코 보이지 않을 것이라는 사실은 열심히 살아가는 사람들의 진리이기 때문이다. 시정에 물건을 파는 사람들의 철학은 열심이고 지성(至誠)이라는 예는 허다하다. 어쩌다 교수다 되었다 해서 공부 안 하고 허세를 부리는 사람들을 보면 구역질이 난다. 그 냄새는 가장 추악하고 더럽다. 왜냐하면 빈껍데기 때문에 허세의 방향은 항상 거짓이나 남을 밟아 만족은 세우는 일이기 때문이다. 아울러 사람의 판단을 허명으로 바라보는 일도 옳은 일은 아니다. 대통령이었던 사람이 자살을 했을 때, 존경이 되는 대상으로 바라보는 세상의 흐름을 보면 진리는 항상 옳고 바른 것으로 치부되지 않는 현실을 직시하게 된다. 부박하고, 무게 없이 경박한 사람이 높은 자리에 오르면 어떤 결과를 가져오는가를 가르쳐준 사람이었다. 아울러 이성의 판단보다 감정이 앞선 그 사람의 자리는 아니었기에 소화불량으로 자살의 운명으로 국민에게 광기의 쇼크를 주었을 뿐이다. 그러나 시간이 지나면 이성으로 돌아오는 인간의 위대성은 파우스트를 읽으면 된다. 악마 메피스토펠레스의 유혹에도 넘어가지 않는 파우스트의 이성은 항상 뒤에서 천천히 생각하면서 다가오기 때문이다.

사람의 내음은 향기로워야 한다. 그러나 나는 지금 노욕의 탐·진·치의 삼독의 그물에서 헤어 나오지 못하는 짐승의 악취인지 모르고 살고 있는 초라한 인간이 아닐까? 반성하는 시간이 얼마인가?*

# 봄날의 단상

세상은 온통 얼었고 그 위에 바람이 아우성치는 겨울의 고통을 지난다는 것은 다행스러운 일이다. 인생의 문제도 이처럼 시련의 늪을 지나는 순간 봄날의 화려한 연출이 시작되기 때문이다. 사람은 앞을 보지만 정작 마음으로 열려진 세상을 바라볼 수 있기까지는 그야말로 맹목의 순간을 지나는 일이 다반사이기 때문에 앞날에 대한 궁금증은 항상 어둠에 둘러싸인 것으로 추측하게 된다.

달인이라는 프로를 보면 제 분야에 대한 자부심과 숙련된 지혜를 엿보게 된다. 여느 사람과 다른 각도로 바라보는 일이야 말로 제 몫을 다하는 달인의 경지를 찾아가게 되는 이치—공부를 잘하는 사람도 그럴 것이고 주어진 제 몫의 일에 대한 신념이 있는 사람에게서는 같은 일이라 해도 그 결말은 다르게 나타난다는 예일 것이다. 남보다 빠르고 그리고 같은 시간에 더 많은 결과물을 산출할 수 있다는 것은 비범한 결말로 나타나는 탄성이 나오게 되는 것이다. 그러나 이런 결과와 다른 예는 땅에서만은 그렇지 않다는 점이다. 봄날의 풍경을 바라보면 순식간에 모든 세상의 풍경을 변화시키는 일에 감탄을 갖게 된다. 이는 겨울의 얼어붙은 땅에서 출발한 식물들의 뜀박질이 결과에서는 모두 공통의 표정으로 나타나는 일이다. 물론 영양을 빨아들이는 노력의 여하에 따라 얼마간의 차이는 있을 지라도 어김없는 꽃들의 개화를 바라보면 신비한 공통성을 갖게 된다.

시 쓰기를 여기에 대입하는 일이 종종 있다. 시골에서 살기 때문에 아무래도 하루 종일 풀들과 마주한 나의 일상은 계절의 변화만큼은 예민하게 받아들여진다. 봄날이면 모두 꽃밭으로 변하는 놀람이다. 누구와의 약속일까? 아마도 자기 자신과의 약속일 뿐 타인의 생각이나 기다림을 의식하는 것은 아닐 것 같다. 글 쓰는 일도 이런 이치와 다름이 없을 것 같다.남을 의식하는 일이 아닐 때 진정성의 글이 될 수 있을 것이란 추측—자기를 위해 글을 쓰는 일종의 카타르시스일 것이라는 생각으로 글을 쓴다. 유명하거나 대작을 남기는 일을 생각하는 일은 이미 속됨이 끼어든 일이라 진정성의 사고는 아닐 것이다. 그러나 일약 유명하고 대단한 업적을 생산하는 꿈이 없다면 이 또한 거짓일 것이다. 아무튼 나의 글쓰기는 일종의 독선이 지배하는 경향이 다분하다. 다만 쓰고 싶고, 읽고 싶어서 책을 넘기고 컴퓨터 앞에 앉는 일이 나의 일이다. 더구나 퇴직이후 사람들과의 교접이 뜸해진 시골이라 나는 더욱 깊게 들어가는 스스로를 느낀다. 하여 서울에 가면 금시 문사원으로 내려오고 마는 일이 그런 증거일 것이다.

사람이나 식물들은 자기 분수로 산다. 작은 꽃은 작은 꽃으로 일생을 살고 큰 나무는 큰 나무로 일생을 살아간다. 설혹 천년을 사는 나무이거나 일주일이 안 되는 짧은 생을 사는 식물일지라도 그 나름의 정해진 목표는 있는 것 같다. 이 의미의 숲은 비교의 대상이 아니다. 마치 나비와 벌의 차이를 논하는 일과 같이 무의미한 일이기 때문이다.

이제 4월 중순이다. 온갖 꽃들이 피는 요란한 경염(競艶)을 벌린다. 덩달아 벌이나 나비가 아우성을 치는 걸 보면 세상이 너무 소란스러운 소리가 들리는 것 같다. 그러나 저마다에 풍경이 연출될 것이고 나는 그 풍경을 바라보면서 다시 새로운 글의 표정을 포착하려는 노력이 있겠지만 아무래도 흙을 만지고 심어놓은 식물을 바라보는 눈에 희망의 길이 환할 것 같다.

몇 줄의 글을 쓰다 다시 밖으로 나가 살피고 다시 들어와 몇 줄을 이어가는 나의 글쓰기는 꽃들이 피는 것과 같이 분주하고 엉성하지만 이도 지나면 의미의 숲을 이루는 일이 아닐까? 가끔 서울의 친구들이 그립고 음성을 듣고 싶은 충동에 망상을 띄우지만 금시 다시 돌아오는 속력에 놀라 일상을 살피는 나의 고독은 이제 길이 잘 들어진 궤도를 가는 것 같이 하루를 지난다. 이제 나이 70여 생의 언덕에 올라 되돌아보는 일이 많아졌을 지라도 내가 글을 쓰는 이 순간의 행복은 나를 지키기 위한 변명이라는 점에서 생명 현상일 것이다.*

# 겨울을 살아가는 새

춥고 바람이 불고 그리고 눈까지 내린 겨울은 인생의 비유로 하면 혹한이라는 뜻에 어울릴 것이다. 겨울이 오면 봄이 오고 다시 여름 그리고 가을이라는 순환의 계절 속에서 생명체는 존재의 표정을 만든다. 그러나 겨울은 아무래도 살기 어려운 비유에서 생명체의 시련은 그가 처한 처지를 이겨내야만 한다. 그러나 누구의 도움 없이 살아가는 새들의 모습—작은 새들의 모습은 가히 경이로운 인상을 준다. 그렇다고 인간처럼 저장하고 갈무리하는 것도 아니고 오로지 그날그날의 먹이를 찾아 헤매는 일이 고작인 새들에게 겨울은 시련의 계절임이 확실하다. 더구나 먹으면 이내 배설하면서 살아가는 직장(直腸)의 위구조로 보면 하루하루가 절박함과 대면하는 일이 아닐 수 없다.

내 서재의 화려한 전망이 일품이다. 사방을 조망할 수 있는 호사는 새들의 비상을 한눈에 관람할 수 있을 뿐만 아니라 온통 새들의 왁자함을 듣고 산다.

마당 앞에 긴 장대를 세우고 여기에 쇠기름을 매달아놓았다. 첫날은 주저주저하는 곤줄박이가 앉았다 날아가더니 며칠 지나자 떼로 몰려온다. 헌데 이것도 그들만의 법칙이 있음을 발견하게 된다. 한 마리가 먹이를 쪼면 다른 새는 덤벼들지 않고 순서를 지킨다는 사실이다. 큰 새가 먹고 난 다음에 다음 순서의 새가 진입하는 질서를 볼 때 여기서도 강자의 서열이 우선순위로 진행되는 것을 보노라면 삶은 인간이나 짐승이나 구분 없이 동일하다는 생각을 갖게 된다.

기실 인간은 욕망의 행동 때문에 온갖 비극과 슬픔이 일어난다. 더 많이 저장하기 위해 욕심이 발동하고 이 욕망은 타인의 것을 빼앗아 오는 것을 모의하고 음모하다 보면 자연스레 갈등이 생기고 이 갈등은 필연적으로 싸움이 발생된다. 인간은 이런 싸움에서 온갖 무기를 개발하고─이를 문명이라는 이름으로 포장하지만 정작 강해야 살아남는 정글의 법칙이 지속될 수밖에 없다. 이 모든 일은 결국 먹는 일에 욕심을 발동하는 원인이라면 모진 추위에도 그날만의 먹이에 만족하는 새들의 삶─욕심이 없고 절제를 지키는 새들이야 말로 인간이 보고 배워야 할 대상이 아닌가. 장대에 묶인 쇠기름을 통째로 떼어감이 없이 오직 작은 부리로 쪼아 배가 부르면 날아가는 일이 반복되는 모습이 인간의 욕심과는 비교가 안 된다.

어느 날은 쇠기름을 낮은 높이에 걸었더니 난데없이 들고양이가 나무를 타고 올라 날름 먹어치운다. 굶주림을 면해야 사는 고양이로서는 당연한 행위이지만 간섭을 결심하고 더 높이로 기름을 묶었다. 높이만을 쳐다보는 고양이의 점프는 몇 차례 공방을 계속하다 이내 사라진다. 체념은 더 없는 슬픔일지라도 자기 힘으로 할 수 없다는 것을 알아차린 고양이의 모습─내려다보는 내 눈에는 영악스런 지혜로 보인다. 인간이라면 돌멩이를 던져 기름을 떨어뜨리려는 행위이거나 장대를 이용하여 낚아채는 도구 이용의 인간과는 달리 자기 힘이 부족하면 체념하는 짐승은 외려 인간의 간악함과는 비교할 수 없는─허사와 미사여구로 온갖 평화를 입에 달고 사는 인간의 위선과는 비교의 이름이 아닐 것 같다.

인간은 신을 불러들여 자기 죄를 합리적으로 면해주는 것을 당연하게 생각한다. 이 또한 간악한 자기변명이요 합리화의 궤변이라면 인간에게 신은 일종의 면죄의 방편일 뿐일 때 하늘을 나는 새들의 모습에서 겨울의 눈보라는 참혹한 시련의 깃발처럼 서럽게 보인다. 죄를 지을 줄도 모르고 오로지 하루의 굶주림을 모면하기위해 세상을 배회하는 작은 새들의 날갯짓에서 신은 이미 직무를 포기한 증거가 아닐까.

인간은 결코 영장의 동물이 아니다. 오로지 포만의 욕망을 위해 저장하고 쌓으면서 욕심의 행진을 계속하는 인간의 모습을 하느님이 보시고 구분을 지은다면 인간은 당연히 지옥의 깊이에 가야할 대상일 뿐이다. 인간만이 가는 신의 세계―이 또한 인간이 자기변명을 위해 설정한 변명의 명사가 신이라는 뜻이다.*

# 눈이 내리는 날의 소나무

시쳇말로 엄청나게 많은 눈이 내렸다. 10여년 만에 많은 눈이 왔다는 매스컴의 호들갑을 들을 필요도 없이 소나무가 좋아 아내와 둘이 자주 오르는 300여 미터 높이의 노송산을 오르노라면 가지가 부러진 나무가 부지기수로 많았고 더러는 뿌리째 뽑혀있는 모습을 목도하니 참혹한 전쟁을 겪은 것처럼 처참하다. 거센 바람을 너끈하게 견디는 소나무의 모습이 폭설이 내려서 이토록 팔다리가 부러진 혹은 아예 벌러덩 누워버린 지경에 이르렀다니 이해할 수 없다는 말이 당연하다. 소곤 소곤거리면서 어둠을 뚫고 밤을 지샌 아침에 온 세상이 하얀 모습으로 변해버린 자연의 속삭임이 그토록 위험한 증거물로 보여주는 소나무들의 안부가 서글프다. 내가 작은 묘목을 사서 손수 심은 10여년 된 집안의 소나무 두 그루조차 가지가 찢겨있고 또 이웃의 소나무는 아예 가지를 땅에 드리워놓고 "나 살려 줍쇼"라는 듯이 애소하는 모양이 되었다. 새삼 물기 많은 눈의 위력을 실감하는 일이지만 너무 아까운 나무들의 수난이다. 일찍 가지를 쳐주었거나, 눈이 내린 무거운 상태의 눈을 나무아래서 위로 구멍을 뚫듯 제거해 주었더라면 이런 지경까지는 안 갔을 것이라는 자책감이 억누른다. 하기사 경복궁에 우람하게 서있는 소나무에도 이런 시련이 화면으로 보였고, 이를 두고 미흡한 조치를 나무라는 말들에 역겨운 생각이 든다. 누가 그렇게 심각한 지경의 치명상이 될 것으로 알고 예방조치를 할 수 있을 것—완벽을 추구하는 신(神)들의 나라에서 하는 말들이기 때문이다. 말은 말을 낳고 이어 꼬리를 쫓아가기란 힘겨운 일이라는 말로 정리한다. 눈이 내리면 인간은 모두 하나로 통합되는 의식을 갖지만 그 결말에서는 다른 말들이 튀어나오는 일이 비일비재한 일이다.

눈이 내리는 일은 마음에 위안을 준다. 그것도 소리 없이 조용한 발자국에서 잊혔던 여인의 자취처럼 다가오는 따스한 온기를 느끼는 날이 된다. 굳이 사랑의 여인이 아니더라도 상상의 여행을 갖는 시간으로 침잠(沈潛)한다면 행복한 일이다. 살벌하고 엄혹한 겨울의 쟁그랑거리는 추위에 흰 눈이 내리는 정경은 모든 사람들을 꿈으로 길을 안내하기 때문이다.

멀리 바라보이는 것은 아름답다. 땅에 내린 눈은 이미 자취를 감추고 말았지만 멀리 산등에는 하얀 여백처럼 남아있는 모습이 지난 흔적의 자취를 이해하게 한다.

산다는 것도 그러려니—아등바등 거리면서 고통스레 살았던 날들도 시간을 멀리하면 어느새 다정한 것처럼 친근미를 갖게 된다. 이런 이치는 일종의 착시현상일 수도 있고 또 지난 것에 대한 체취를 의식하는 과정에 이해의 상관으로 여길 수도 있을 것 같다.

눈사람을 만들었다. 하도 많은 마당의 눈을 치우는 방법으로 선택한 일이었지만 이도 굴리기에 여간 힘겨운 일이 아니었다. 돌아보면 내 피난생활의 어린 날들은 그런 낭만의 추억조차 가물거린다. 왜냐하면 살아가기 위한 50년대의 시련은 추억의 날들조차 가난했기 때문이다. 야간학교 그리고 낮에 장사이거나 회사에서 급사일 혹은 부모를 거들어 생계를 위한 친구들의 모습에서 살찐 추억은 한계를 가질 수밖에 없었던 기억—눈이 오면 우선 거추장스런 일이 다반사였다는 점—이제 한사람 한 사람 지상을 떠나는 소식이 들리는 즈음에 돌아보면 나 같은 늙은 세대의 아픔은 전설 같은 이야기일 것이다.

눈사람은 며칠을 우리 집 마당에서 주인처럼 행세했다. 그러나 며칠이 지나자 위엄과 근엄한 눈사람은 점차 위축되는 혹은 사라지는 어깨와 표정이 점차 이지러졌다.

아버지의 모습이라 생각한다. 위엄을 가진 아버지의 젊은 날이 지나면 점차 어깨가 기울고 얼굴에는 물기가 빠질 때, 초라의 극치는 눈사람의 모습과 흡사하지 않은가. 그렇다고 존경의 자리가 있는 것도 아니고 자식들과 떨어져 살아야 하는 늙은 몸에선 신음과 탄식이 일렁이는 일이 오늘의 아버지의 모습이다. 고달프게 젊은 날을 지나 늙어 안식의 땅이 없는 초라한 지경을 눈사람에 비유하자니 서글퍼진다. 이런 아버지의 모습은 영광일지라도 자식들에 외면당하는 일이 많다는 소식과는 달리 나는 비교적 노년의 준비가 거의 완벽하다는 데서 다행한 일이다. 젊은 날의 고생보다 노년의 평안이 얼마나 중요한 것인가를 생각하면 더욱 행복하다.

순식간에 많이 온 눈은 금시—하기사 우수 경칩을 지나온 눈이니 생명이 얼마나 갈 것인가. 반짝이는 햇살 한 줌에 금시 사라지는 운명의 눈이다. 그러나 그 생채기는 소나무에서 세월의 깊이를 할퀴고 말았다. 가지가 부러진 소나무에는 이미 봄을 상기하지 못하는 불구의 모양이 전개되기 때문이다.*

# 사는 일에 대한 명상

무소유를 주장한 스님이 세상을 떴다. 검소하고 검박하면서 겸손한 한 사람이 칭찬을 받으면서 세상을 떠나갔다. 그야 종교인의 귀감이면서 넓게 열려진 사고를 가진 그의 언행에서 모두들 감동을 받았음에 고개를 숙이고 있다. 혼탁하고 어지러운 세상에서 아름다운 사람이 떠나간 아쉬움이다. 더불어 남다른 생각이 빛나는 이름으로 다가오는 일에 아픔이 남고 있다.

존경을 받는 사람이 없는 이 시대에 갖지 않음을 실천한 스님에서 경외의 마음을 갖는 것은 모두가 허기진 삶을 이어가려 허덕이는 갈증에서의 고백적인 신선한 메시지였던 것이다. 내 것을 만들려 온갖 기행을 일삼는 풍토에서 보면 무소유의 철학은 신선할 수도 있다. 그러나 그런 사람이 없어서가 아니라 그런 행동을 실천하는 사람이 드물기 때문에 두드러지게 다가온다. 그러나 무소유라는 말에서 다시 깊은 생각을 하게 된다. 모두가 갖지 않고 살아가려는 사람들이 대다수일 때, 우리의 세상은 어찌될까? 물론 무소유가 욕심 없이 정당하게 살라는 의미이겠지만 소유 자체를 잘못으로 이해하다 보면 비생산적인 요소를 부추기어 오독되는 면도 있을 것 같다. 왜냐하면 땀 흘리고 노력하여 얻은 정당한 소유는 오히려 아름답기 때문이다.

욕망이란 어찌 보면 인류 발전의 원동력이 될 수도 있다. 더구나 민주주의라는 원리도 어쩌면 욕망을 부추기는 일이 자유민주주의의 바탕일지 모른다. 즉 더 많이 소유하기위해 밤을 줄여가면서 일하고 또 일을 찾아나서는 일이 오늘의 국부(國富)를 일군 원동력이 아닐까? 가령 대한민국 모든 백성이 무소유라는 생각을 가지고 살아간다면 이는 원시로 돌아가는 일이고 무정부상태로 돌입할 수 있을 것이다. 그러나 먹어야 하는 일 때문에 소유는 곧 배를 채우는 일이 된다. 식욕이나 성욕이라는 출구를 갖지 않는다면 인간사는 어찌될 것인가? 식물도 자기 영토를 확장하기 위해 세력다툼을 하는 것이나, 미물(微物)조차도 자기의 영토 혹은 먹이를 찾기 위해 행동하는 일은 욕망이 곧 인류 발전의 기틀이 되었다면 틀린 말일까. 때문에 모든 존재에서는 약육강식의 투쟁의 이름이 깃들어 있고 이를 어떻게 표출하는가의 상황 조건이 있을 뿐이라 생각한다.

종교인의 자리는 남다르다. 종교인의 자리를 잘 지켜 가면 법정스님이 목표로 내세운 무소유라는 말은 하등에 신기할 이유도 없고 바보처럼 낮은 자세로 살아간 김수환 추기경의 삶이 드러날 리도 없다. 그들은 옳은 기준으로 살아간 명목의 사람들이다. 즉 자기가 선택한 기준을 정하고 그 길에서 벗어남이 없는 생을 영위한 사람일 뿐이다. 하도 어긋난 길로 살아가는 사람들이 많다보니 그들이 우뚝한 것이 아닐까?

정치인에 政也者는 正이라야 한다는 말에 정확하게 일치한 행동을 한다면 그리고 경제인이 올바른 가치창출을 위해 원칙대로 따른다면 종교인이 종교적인 기준에 따르면서 살아간다면 세상은 어찌될까를 가정하게 된다.

나는 이쯤에서 혼란에 직면하고 있다. 원칙과 비원칙은 무슨 관계이고 이 둘은 어떻게 되는가 말이다. 밤은 낮의 반대가 아니라는 혹은 원칙은 비원칙과 분리되는 일이 아니라는 가치의 개념이나 혼탁한 물은 다시 정화의 길을 찾아나서는 일들이 얽혀 혼란을 자초한다. 그렇다면 한 가지만을 지선(至善)으로 말하는 일은 당연한 일일까. 절대의 진리가 없다는 주장은 오류인가?

종교인들이 시기하고 칸막이로 자기만을 위해 주장을 굽히지 않는 어리석음의 사람들이 횡행하기 때문에 바른 주장이 신기하게 높아 보이는 이 착시현상은 때로 어리석음을 유발한다. 왜냐하면 근본을 모르고 비빔밥으로 섞어 자기 기준을 버리고 남의 판단에 노예가 되는 일이 되기 때문이다. 스님이 천주교를 찾아가고 추기경이 불당을 찾아 축하하는 마음을 갖는 일이 당연하지만 이를 경원(敬遠)하는 일이 과연 종교인의 자세일까. 그러나 이런 일이 특별한 의미로 처리되는 일로 보면 삶의 다리를 건너가는 일은 어지럽다. 경전을 자기 아집으로 해석하여 우군을 만들기 위해 떠드는 종교인이 넘치는 오늘의 풍토는 비정상의 함량이 정상보다 높다는 진단이다.

버리고, 버리고, 마지막에 자기의 이름까지도 버리는 일이 신선함으로 회자(膾炙)된다. 언젠가 이 세상을 하직하면 그것으로 모든 것은 침묵으로 멈추는 것이 본질인 것에 치장을 더하는 것으로 가치를 만드는 세상에서는 확실히 신선한 일이다.

반면교사의 삶 - 나를 돌아보는 일은 깨달음이다. 나는 무엇을 했고 앞으로 무슨 일로 내 생애의 장막을 닫을 것인가를 생각하면 허무해진다. 유소(流蘇)보장(寶帳)에 만인이 우러를 것도 아닌 내 삶의 도정(道程)은 지금도 서성이는 일이 고작이다. 자그마치 나이 70을 지났으니 이 무슨 철없는 일인가? 그러나 오늘도 한 구절의 시를 위해 고심하는 내 모습은 초라한 내 삶의 원칙을 찾아가는 일이라는 믿음이 기둥인걸 어쩌랴.*

# 앙상함의 철학

    폭설로 온통 세상이 하얗고, 갈 곳을 모르는 새들은 방황의 길을 찾느라 우왕좌왕하는 겨울이다. 침엽수 나무위에는 무게로 기울어 찢어질 듯 위태로운 모습이 보기에 조마조마하다. 그러나 잎을 모두 떨어트린 나무들은 가지에 눈을 달고는 있지만 아무런 기색을 보이지 않고 서 있는 것 같다. 가난한 자의 여유가 겨울 폭설에서는 교훈으로 다가온다. 무소유에서 느긋함을 갖게 하는 안도감은 아이러니하다. 능엄경 上에는 ‘安然得無所有’라는 말로 무소득 즉 공(空)의 다른 이름이라 명기되어있다. 갖지 않음이 오히려 행복해지는 상황을 이해한다는 것은 범인(凡人)의 이름으로 살아가는 길에서는 어려운 일이다. 왜냐하면 욕심과 욕망의 포로가 되어 끝없는 탐욕의 행진을 멈추지 못하는 일이 비일비재할 뿐만 아니라 이런 일은 곧 생존의 방식이 되었음을 알게 된다. 왜냐하면 적자생존의 법칙은 존재를 영위하기 위한 방도에는 많은 방식의 투쟁이 따라야 하기 때문이다. 생명을 보존하기위해 모든 생명체는 필연적으로 싸움이고 곧 경쟁의 원리를 버릴 수는 없다는 일이다. 그러나 폭설이 내리지 않았을 때의 상황은 무소유의 생각과는 달리 사고하게 된다. 아무래도 잎이 무성한 녹엽의 나무가 더 좋게 보이고 독목(禿木)으로 서있는 나무에서는 눈(眼)에서 외면하는 일이 당연하기 때문이다. 있는 것과 없는 것―이 두 가지를 비교하면 결국 상황논리에 따라 말의 기준이 달라진다. 없는 것은 없음에서 오는 바람을 맞지 않아도 되지만 있음은 거센 바람을 맞받아 살아남거나 아니면 가지가 부러지는 고통을 감내해야만 한다는 이유에서이다.

사는 일도 이런 이치와 무관함이 아닐 것이다. 많이 가졌다는 것은 그만큼 고통을 많이 짊어진다는 일이고, 없다는 것은 아무런 비난이나 통증 없이 살아간다는 의미이기 때문이다. 살아있는 존재는 곧 고통의 늪을 벗어날 수 없을 때 욕망이나 탐욕의 그늘을 벗어나는 일로 편안함이 따른다. 그렇다면 어떤 것이 기준이 되어야 하는가? 이 또한 어려운 답안임이 분명하다. 바람이나 폭설이 내리는 날은 침엽수의 잎이나 앙상한 가지로 바람이 세어나가는 무사함이 좋을 것이고 잎이 무성한 경우는 온갖 시련을 감내해야 살아남을 수 있는 이치가 엄존하기 때문이다. 그러나 무성한 녹색 장원은 더없이 위안의 마음을 건네주는 풍경일 것이고 안정감을 주는 이름일 것이라는데 이론이 없다.

무소유를 외치는 일은 전체라는 입장에서는 무책임한 일일 것―생산의 중대는 곧 국부를 의미할 것이기 때문이다. 잘 살고 행복하다는 것은 많은 생산과 소득이 따라오는 가치를 이름하기 때문이다. 지구상에 가난으로 몸살을 앓고 있는 민족들이 대다수이지만 우리의 경우는 어느새 잘 사는 선진국의 이름으로 우뚝 선 나라가 되었다. 아프리카 오지의 가난에서는 슬픔과 연민이 따라온다. 그러나 단군 이래로 잘 사는 우리의 경우에는 어느새 오만의 그늘이 드리우고 있다. 균형을 갖고 살아가는 검소한 마음이 필요한 것이 덕목이 되어야 할지 모른다. 우리도 폐허의 땅에서 기름진 세상을 만들었기에 어려운 시절을 생각하는 마음이 항상 내재되어 있을 때 행복의 시간은 더욱 길게 연장할 수 있기 때문이다.

온통 흰 눈으로 포장된 세상이 되었다. 모든 소리가 잠들어있는 것 같고 온 세상이 정밀(靜謐)로 침잠(沈潛)되어 있다. 마치 낙원의 정경이 펼쳐지는 광경이고 은신하는 새들의 나래에도 무거운 침묵이 잠들고 있는 것 같다. 그러나 호사(豪奢)로이 세상을 바라보는 나와는 달리 먹이를 찾아 헤매는 새들의 배고픔을 생각하면 마음의 균형은 서글픈 일면과 대조를 이루고 있다. 인간의 기준과 자연 혹은 대상과의 균형은 이룰 수없는 일이라는 생각에서 나는 또다시 오만의 생각―내 기준으로 바라보는 세상의 가치로 정해진다.

북망산천에 누워계신 내 어버이의 무덤 위에도 눈은 덮여있을 것이다. 그러나 따스한 난로를 켜고, 글을 읽고 글을 써내려가는 나의 모습은 눈을 이고 있는 나무들의 처연한 모습과 비교를 가깝게 한다. 앙상함의 철학은 결국 나를 나로 바라보는 길이 얼마나 어지러운 일인가를 아는 일로 마무리된다. 결국 균형의 감각이라는 말도 부족한 일이고 또 비움이나 채움이 모두 어지럽다는 말로 생각이 머물 때 어떻게 살아야 하는 가의 문제조차 답을 상실하고 떠도는 방황에 머물고 만다. 눈 내리는 들판에 여전히 배고픈 새들이 날고 있다.*

# 산에 오르기

　서재에 앉아있으면 앞으로 3개의 골프장들이 내 시야에 가득해진다. 그리 높지 않는 탓에 아마도 골프장 건설에 가장 적합하리라는 것과 서울에서 가깝다는 지리적인 여건 탓인지 세 개의 골프장이 주말밤이면 불을 밝히고 성업을 자랑하는 모습이다. 돈을 벌기 위해 산을 점령한 사람들, 그리고 거기서 건강을 자랑하기 위해 또는 여가를 호사롭게 자랑하려는 의도가 맞아떨어진 낮은 산의 모습은 마치 버짐처럼 듬성듬성 잔디로 덮여있지만 내 서재에서 바라보는 산은 결코 자랑 같지 않다. 바라보는 것조차 가난해진 형세를 이젠 어찌할 수 없듯이 막연히 바라보는 것으로 만족하면 된다는 듯 그 자리에 산은 구름을 섬기고 있다. 체념의 내 모습 같다.

　나는 산을 오르기보다 바라보는 것이 더 즐겁다. 다시 말해서 산을 바라보면서 꿈을 꾸거나 상상의 여로를 재촉하는 것이 더 즐겁다는 뜻이다. 그러나 막상 작은 산이라도 산에 들면 우선 포근하고 자애로운 위안을 받는다. 여름이면 실컷 땀이 절을 지라도 산정(山頂)에 이르면 삽상(颯爽)하고 시원한 기운이 가슴을 적시고, 추운 겨울이면 산은 땀이 열정으로 교훈을 준다. 이 평범하고 쉬운 느낌은 나만의 생각이 아니지만 많은 사람조차 가슴에 품어버리는 넓이에 감탄하게 된다. 비단 건강만을 생각하고 산에 오르는 일은 아닐 것이라는 뜻이다.

산에 오르는 일은 자기를 아는 일이고, 자기를 알기위해 다시 산에 오르는 일은 자기를 실험하는 일이 될 것이다.

내가 산에 처음 오르기 시작한 대학생 때—북한산을 호기롭게 오르던 시절이었다. 남보다 빨리 오르면 대단한 양, 젊은 날의 치기(稚氣)를 발휘했던 시절은 피가 용솟음치던 때의 기억이다. 이 무렵 산은 산이 아니고 그냥 오르고 내려오는 대상으로 생각했던 만용(蠻勇)의 시절이었다. 위험을 위험으로 모르고 겸손의 키를 생각하지 않았던 시절이었지만 무사히 지나온 시절에 오히려 감사할 뿐이다. 기껏 서울 주변의 산을 친구들과 어울려 다녔지만 정작 교훈으로 알았던 산이 아니었기에 그리고 무모함조차 일상으로 생각했던 일들이 이젠 돌아보는 기억의 아름다움으로 다가온다.

두 번째 산을 안 것은 에베레스트 훈련대장을 했던 시인 선배를 따라서였다. 그는 산으로 가는 것을 시 쓰기와 병행의 개념으로 삼았고 오히려 앞서 놓을 만큼 산에 열정이었다. 그와 산을 오르는 일은 숨이 차오르는 일이 다반사였고, 가파른 바위를 기어오르거나 남이 안가는 길을 잘도 찾아가는 사람이었다. 매주 그와 함께 산에 갔던 날은 으레 술이 취하기 마련이었다. 산행을 끝나면 우이동 근처 목욕탕에서 땀을 씻고 술이 그 다음 순서였기에 젖어서 돌아오는 집이었다. 이 무렵 산은 나에게 절대로 필요한 건강의 조건도 아니었고, 무슨 인생의 심각한 문제를 해결하는 대상도 아니었지만 산행의 뒷맛은 시원했었다는 기억이다. 그렇게 산을 좋아했고 산에서 살았던 그는 학교를 은퇴한 얼마 후에 세상을 하직했다. 산이 너무 좋아 <나는 아무래도 산으로 가야겠다>던 그는 산에서 운명(殞命)한 것이 아니라 오히려 사람 많은 동네에서 산을 바라보면서 세상을 떠나갔다.

내가 세 번째 산에 대한 생각은 직장을 은퇴하고 전원생활을 즐기는 시골에서이다. 멀리 골프장 뒤로 보이는 산―기껏해야 340M 정도의 산을 아내와 오르고 나면 하루가 안도감을 갖게 되었다. 아울러 사람들과 함께 어울리는 일은 우선 즐거운 마음이 앞장선다. 딱히 높아서 산이 아니라 비록 낮은 산일지라도 산에 들면 가슴이 풀리고 마음이 여유롭게 변하는 것은 친구들과의 대화―젊은 날에는 갖지 못했던 나무와의 대화를 갖는 것은 내가 그만큼 사물을 바라보는 눈이 깊어졌다는 상징일 수도 있고 또 이제 자연으로 가까이 다가가는 마음의 행로일 수도 있을 것 같다. 왜냐하면 나이가 깊어지면 보이는 것이 과거와 달라 보이고 또 과거의 것들이 한층 친밀해지는 것이 유다르기 때문이다. 때문에 바라보이는 산에 대한 시를 쓰기도하고 또 산에 애착을 보내는 것이 확실히 과거와 다른 점이다.

산은 말을 하지 않기에 오히려 많은 말을 하고 있다. 내가 시를 쓰면서 산과 시의 일치성을 이제야 깨닫는 것은 그만큼 어리석음이라는 귀결에 이르면 내가 초라해진다. 그러나 산에서 한걸음을 옮길 때 마다 내 살아온 흔적들이 소중한 것도 나무들의 생과 내 생이 오버랩 되는 두꺼운 의상에 다름없기 때문일 것이다.

시는 말이 아니고 오로지 의미라면 산 또한 말이 아니고 오로지 그 자리에 있음으로 의미를 삼기 때문이다.*

# 야채 키우기

정확히는 야채 가꾸기라는 말이 맞을 것이다. 아이들을 키우는 일이 아니라 야채를 가꾸다보면 마치 자식을 키우는 것과 같아진다는 생각에 이른다.

전원에서 살다보면 자연 텃밭을 가꾸면서 소일하는 경우가 많아진다. 물론 전문적인 농부가 아닌 다음에야 무슨 뾰족한 농사의 식견이 있는 것도 아니지만 빈 땅을 만들어 씨앗을 뿌린다. 물을 주고 보살피고 풀을 뽑다보면 어느새 싹이 올라오고 키가 자란다.

아이들을 키우는 데는 정성과 관심이라는 말은 다르지 않을 것이다. 그러나 너무 관심을 가지면 과보호의 약한 자식이 되고 관심을 갖지 않으면 엇나가는 행동을 할 때, 참으로 어려운 일이 자식 키우기라는 점이다.

자식이나 야채를 가꾸는 일도 이런 이치와 하등에 다름이 없다. 지나치게 관심을 가지고 물을 자주 주면 약해지고 약간의 가뭄만 들어도 시들어지고 만다. 이런 이치는 어릴 때부터 교육을 잘하는 일이 얼마나 중요한 일인가를 의미한다.

내가 전원생활을 처음 시작할 때는 참으로 열성적이었다. 날마다 바라보고 물을 주고 온갖 정성을 들여 퇴비를 주면, 시름시름 약간의 시간이 경과하면 시들어지는 모습이었을 때 관심의 부족으로 돌렸지만 이젠 무관심이 오히려 무럭무럭 자라게 하는 요인이라는 것을 깨달은 것은 한참 뒤에 알게 된 이유다. 가령 똑같은 묘목을 풀이 없는 곳과 풀이 많은 곳에 심으면 잡초더미에 심은 묘목이 더 잘 자라는 것을 알 수 있다. 아마도 서로 경쟁하는 생존경쟁의 원리를 터득한 것 같다. 적당히 관심을 갖는 일이야 말로 성장의 이치와 같다는 생각이다.

기실 인간의 관계설정도 이럴 것 같다. 不可近 不可遠처럼 적당한 거리를 유지하는 일이야말로 좋은 방법이라는 생각이다. 거리란 사회생활의 방법일 것이다. 너무 가까워도 안 되고 너무 멀어도 안 되는 이 적당의 유지는 참으로 미묘한 관계를 유지하는 지혜의 산물일 것 같다. 말 없는 한 그루의 나무에서조차 그들만의 지혜와 삶의 원리를 내장하고 있다는 것―우주를 감득하고 이의 운행에 동참하는 일은 인간만이 아는 일이 아니라는 뜻이다.

적당히 외면하고 적당히 가까이 가는 일이야 말로 존재를 인식하는 길이 될 것이고 또 삶의 진전을 꾀하는 점에서 지혜의 뜻이 될 것이다.

사교육이라는 공룡에 짓눌리는 우리의 교육 현실도 눈을 돌려 잡초나 나무 한그루에서 배우는 일이 우선해야 할 것 같다. 그러나 어디 자식을 키우는 일이 냉철한 비유로 해결될 일인가 말이다. 우선 앞이 안 보이는 맹목의 노예가 되어 끌려가는 일 때문에 혀도 굴릴 줄 모르는 아이들에게 비싼 돈을 들여 외국어를 교육하고 어린아이들을 낯선 이국으로 유학을 보내는 일을 당연한 것으로 알고―네가 하니까 나 역시 안할 수 없다는 빗나간 경쟁의 현실―기러기 부모의 비참한 현실이 일어나고 있다. 풀 한 포기나 미물의 움직임에도 우주의 질서가 숨 쉬면서 운행의 단계가 엄존하고 있다.

장관의 청문회에서 으레 단골메뉴로 등장하는 일이 학구를 위반하여 범법자의 명예를 목도한다. 순전히 자식을 좋은 학교에 보내려는 욕심과 부동산 투기 때문에 법을 어기는 청문회의 목록은 잘못된 법의식이 빚어진 현상이라지만 자연의 원리를 거스르는 일이라는 점에서 초라한 변명이 될 것 같다.

각설하고 나는 아이들 셋을 키우면서 법을 어긴 적이 없는 순수파다. 물론 내노라하는 학교에 갈 수 있었던 것은 그야말로 척박한 환경에 적응하는 결과물이 아닐까라는 생각이 든다. 선생님조차 발령이 나면 울었던 봉천동 중학교에서 공부했던 막내가 서울 법대에 합격할 수 있었고, 역시 봉천동 신설학교에서 경희대학교 한의학과에 진학한 장남의 경우도 그렇다. 딸아이 또한 4년 장학생으로 졸업한 일―물론 그 무렵 나는 고달픈 생활이 주인이었지만 그렇다고 이른바 좋은 학군으로 주소를 옮길 수 있는 인맥이 없었던 것도 아니다. 하기사 텔레비전조차 고3에 다니는 장남의 EBS 강의를 듣기위해 구입했던 내 고집은 돌아보면 잘못된 고집은 아닐 것 같다. 물론 결과가 잘되면 모든 것이 잘 설명되는 이치와 다름이 없다는 이론을 대비하면 내 변명은 억지에 가까울 것이다. 그러나 내가 시골에서 씨앗을 뿌리고 열매를 따먹은 일조차 욕심으로는 안 된다는 것을 깨달은 것은 최근의 일이다. 그만큼 배우면서 살아야할 명제가 아직도 오리무중(五里霧中)이라는 말이 정말로 타당한 것 같다.*

# 제2부

# 몰두(沒頭)

# 술

술은 입으로 들어오고
사랑은 눈으로 들어오나니
우리가 죽기 전에
진리로 알 것은 다만 이것 뿐
나는 술잔을 입에 대고
그대를 바라보며
탄식하노라

키이츠 <술>

　유명한 시인의 말이다. 하기사 말술의 주인공 이태백이나 기타 시인 묵객들은 저마다 술독에 빠진 에피소드가 있다. 술에 대한 칭찬은 말할 것도 없는 일이지만 내가 술을 마시기 시작한 기억은 아마도 대학시절일 것이다. 대단한 술에 기억이 있는 것이 아니지만 집안에 삼촌들의 술에 대한 기억은 서민의 삶에 대한 기억으로 이어진다. 소시민의 가정 풍경이 그렇지만 대체로 가난이라는 시대의 풍랑에서 자유롭지 못했던 우리 집의 형편은 근근한 삶의 나날이었기 때문이다. 신산(辛酸)한 일제의 풍랑과 한국전쟁이라는 상처의 아픔 그리고 그런 시대를 지날 때, 소시민의 삶이란 고단하고 처참한 지경이었기 술은 때로 위안의 목록이 되었기 때문이다. 나는 그런 속에서 스스로에 충실하기 위해 시대의 모범생이라는 말에 부정하고 싶은 말이 없다. 어린 시절에 유행가를 부르면 안 되는 줄 알았던 모범 그리고 선거 때 고무신이나 비누를 받아오면 악다구니를 쓰면서 어머니를 몰아쳤던 자유당 시절―기어 그 물건을 반환하고야 말았었다. ―나는 그런 정의감에 유달랐다. 그런 나의 삶은 자연 술이나 담배라는 대상에서 멀리 있었던 젊은 날이었다. 가난의 굴레를 벗어나기 위해 시장 바닥에서 물건을 팔았던 시절에도 나의 삶은 책―서점이었기에―읽고 쓰는 일이 나의 성장기에 가졌던 풍경이었다. 하여 남보다 조숙했고 또 정신의 층위가 조금 높이 있었다는 다짐이 사실이었다. 이는 책을 많이 읽고 살아온 어린 날의 결과라 말하면 기꺼이 수긍하고 싶다.

나의 대학시절은 이런 풍경에서 새로운 장면으로의 전환이었다. 물론 술 마시는 무렵의 청년이었다는 점과 서로 어울리는 친구들과의 교분 속에서 맛을 모르는 술에 침몰해 들어가는 도정이었다. 명동에 학사주점이라는 곳에서는 호기와 객기―술잔이 아닌 다른 것으로 술을 따라 마시던 시절이 있었다 해도―침몰이라는 말이 가장 적당할 것 같다. 그만큼 나의 술에 이력은 특별한 것이 아니고 자연스런 시대의 강에서 만난 이름이었다. 그렇다고 아버지가 술 때문에 패가망신을 했거나 술로 재산을 탕진한 것도 아닌 지극히 평범한 집안의 분위기였지만 숙부들은 그렇지 않았다. 어쩌다 집에 소주, 당시는 독한 30도짜리 였고 오징어 한 마리로 한 병의 소주를 마시면 취하기 마련인 독주였다. 점차 도수가 내려갔고 이즈음은 18.5도가 나왔으니 술의 변화도 시대에 따라 약해졌다는 의미―상술의 의미가 더 승(勝)한 암시일 것 같다.

아마도 술도 마시는 사람과 소통하는 것이 있는지 모르겠지만, 나는 요즘 소주만 마신다. 한 병 반이면 기분이 좋지만 어쩌다 2병을 마시면 다음날 괴롭더라도 오전을 지나면 말끔한 기분으로 생활한다. 너무 마시는 사람을 일러 heavy drinker라—일컫고 반 병 정도의 적당한 양을 마시는 사람을 moderate drinker라던가. 소주는 맑은 소주같이 어느 시간이 지나면 말끔하지만 막걸리는 취한 것도 아니고 안취한 것도 아닌 것 같이 오래 지속되는 술기운의 배회를 느끼는 일은 여간 괴롭다. 여전히 홀짝거리는 술맛 탓으로 돌리면 나는 아직도 멀었다.

술을 마시는 일은 즐겁지만 정작 마신 이후의 고통은 다신 술을 안 마신다는 작심을 하지만 막상 하루가 지나면 주신 박카스의 유혹은 다시 눈웃음으로 다가온다. 이를 단호히 거절하는 일은 여간한 결심이라야 할 것이지만 나는 지금도 이런 유혹에 쉽게 넘어가는 것을 두려워하지 않는다. 술의 가치는 이후가 아니라 술 마시는 그 자체이기 때문이다. 술을 마신 후의 후회는 나만의 것이고 술을 마시는 즐거움이나 그 때의 시간은 정작 화려한 삶의 광장이라는 뜻이다. 물론 술에 침몰하기를 자주 한다면 모를 일이지만 가끔이라면 나는 그런 일에 다정을 교환(交驩)하는 술의 미덕은 어떤 것보다 깊은 셈이다. 거리가 없어지는 인간미 그리고 높은 인간의 벽을 일거에 허물고 마는 일은 술이 아니면 생각할 수없는 일이다.

술은 안 마시는 것보다 마시는 것이 좋지만 2차 3차를 고집하는 사람보다는 1차에 충분한 의미를 나누고 깨끗하게 헤어지는 일이라면 술의 미덕은 훌륭한 일이다. 아울러 적체되었던 울적을 일거에 허물고 다음날 실컷 후회하고 이내 일상으로 돌아가는 일을 되풀이하는 나의 술에 대한 상봉은 항상 글과 마주선 불안을 제거하는 대상이기에 떠날 수가 없다. 그러니 이를 어쩌나 아내의 눈총은 늘상 이어지는 것을……*

# 몰두(沒頭)

무슨 도둑놈의 이름 같은 <몰두>라는 뜻에 이르면 나 자신을 돌아보는 생각에 빠진다. 정작 글을 쓸 때 나는 몰두 상황에 대한 의문이 꼬리를 물고 따라다닌다. 무당이 맨발로 작두를 타는 일은 몰두의 최고 상태를 의미하는 것 같다. 실제로 종이를 작둣날에 대면 종이가 잘라지는 일을 시연하는 모습이나 정작 칼날 위에 서 흥이 최고조에 이르면 전기가 안 통하는 일을 TV를 통해 바라본 기억으로는 흥분의 최고조가 무엇을 의미하는가에 종지부를 찍게 된다. 다시 말해서 이런 구경은 시를 쓰는 일─정신의 집중문제와 연결되기 때문이다. 몰두(沒頭)의 일차적인 의미는 '목을 치는 일'이고 다음은 '일에 열중함'이지만 정작 목을 치는 일에서는 모든 것을 사리지게 만드는 의미와 한 가지 일에 정신을 집중하는 일의 차이는 다름이 없을 것이다. 시는 엑스터시의 산물이기에 무아경의 경지를 방문하는 일은 곧 몰두의 경지와 다름이 없다는 의미다.

나는 시를 위해서 이런 경지를 방문하는 일에 열성이다. 물론 산문의 청탁도 이와 다른 것은 아니지만 특히 시의 경우는 산문과는 달리 몰두의 방문이 주요한 변수가 된다. 그러나 아무리 몰두의 경지를 찾아봐도 헛수고의 경우가 다반사이지만 그래도 이런 되풀이를 하지 않으면 시의 표정을 감지하기란 지난(至難)한 경우가 태반이다. 그렇다고 무작정 시의 이름을 부르면 시가 찾아오는 반가운 손님—유감스럽게 도 이런 예를 만나는 일은 매우 희소하다. 열성으로 주변에 관심을 갖 고 때로는 그 사물에 대해 감동을 받을 때, 불현듯 찾아오는 시의 음성 은 영혼을 기쁘게 만들기 때문이다. 시가 내 영혼을 일깨울 때, 비로소 감동의 파문을 일으키는 파도가 되는 이치는 항상 집중력을 갖고 대면 하는 사물에서 혹은 이야기나 책 구절에서 발생한다. 그러니 시를 쓰 는 일은 살아 있음을 증명하는 일이고 살아있기 때문에 생동의 시를 창작할 수 있다는 의미를 만들게 된다.

  살아있음? 어떻게 살아있음을 증명할 수 있는가? 기실 정답이 없다 는 초라한 변명 앞에 서성이는 일이 누구나의 경험일 것이다. 그러나 답은 오로지 살아있기 때문에 무언가를 만들어내는 탐구의 이름 앞에 이르게 될 것이다. 이는 자연의 이치이고 자연의 섭리를 따르는 일과 다름이 없을 것이라는 생각이다. 그것도 성실하게 혹은 열성적으로 주 어진 여건을 살피면서 살아가는 도정(道程)에서 몰두의 경지는 찾아오 는 순간이기 때문이다. 때문에 시를 짓는 일이란 살아있는 인간에게서 들리는 소리일 것이고 그런 음성이 타인에게 전파되는 체험의 모두일 것이다.

  장엄하게 서녘으로 해가 기운다. 하루가 접어지는 순간이지만 여기 서 나오는 감성의 차이는 천차만별일 것이다. 더러는 슬픔을 느끼는 감수성이 있을 것이고 또는 내일을 예고하는 스크린으로 생각하는 사 람도 있을 것이다.

  나이가 깊어질수록 몰두의 경우는 희소해진다. 이 안타까움은 아무 래도 물이 말라가는 정서의 탓으로 돌리면 편할지 모르지만 뛰어난 한 편의 작품을 만들고 싶은 소망이 저무는 것과 같아 섭섭하다. 부지런

을 떨었지만 도로(徒勞)의 소득을 경험하는 순간에 나의 가슴에는 바람
이 지나고 있다. 이런 일이 수십 년을 지나면서도 변함이 없는 내 문학
의 세계는 애당초 수원지가 부족하거나 부적격자의 몸부림인지 모르
겠다. 젊은 날에는 하루에 10여 편의 시를 쓰고 의기양양하던 치기(稚
氣)가 있었던, 그런 치기조차 안타깝다. 아마도 치기라는 불편함조차
나이가 들면 부러운 이름으로 돌아서는 일이 애달픈 것 같다.*

# 내가 사는 것은

　사는 일을 물으면 뭐가 정답이 될까? 이 망연한 물음에서 대답을 찾는 일은 황당한 일이 될 것이다. 사람마다 살아가는 방법이나 처지가 다를 것이고 일률적으로 한정하여 대답을 찾으려는 일이 헛수고이기 때문이다. 그러나 교과서적인 말로하면 사람이 사는 이유를 저마다 현란하게 주장하는 경우도 있다. 아침에 일어나 오늘은 무엇을 하고 하루를 보낼 것이라는 명확한 좌표가 없는—아, 은퇴자의 삶이란 모두 같은 궤적을 그리면서 살고 있기 때문이다. 불면의 긴 밤을 지나 늦은 아침에 일어나 식사를 하고 그리고 일거리를 찾아 서성이는 하루 앞에 망연함도 동시에 서성이기 때문이다. 딱히 정해진 일이 없는 일상은 그야말로 무료에 포로가 된 삶이 된다. 그러나 손자들이 있을 경우는 조금 다를 것이다. 그들의 뒷바라지—아이들은 태어나면서 교육에 빠지는 일을 거들어야 하는 임무는 기실 막중한 일이 될 것이다.

　내 딸아이의 딸—은서를 바로보고 있노라면—태어나기 전엔 병원에 다니던 엄마들과 정보를 주고받는 모임이 있고 또 아이가 태어나니 얼마동안 간호를 받는 곳에서 어미들과 여전히 정보를 주고받는 모임이 아이 생애 두 번째로 모임이 이어진다. 또 어느 시점이 지나면 1살짜리 아이들을 교육하는 무슨 키즈 스쿨이라는 곳에 열성으로 나가면 3번째 모임이 만들어진다. 그러니까 3살짜리 유치원에 가기 전에 적어도 3번의 모임이 만들어진다. 이어 유아(치)원에 입학원서를 쓰는 때 까지 이런 모임은 교육의 정보라는 카테고리에 끼어 하루가 바쁘게 돌아가는 일이 계속된다. 초등학교 학부모 그리고 중 고등학교 등등 아마도 이런 모임은 교육이라는 미명하에 평생이 이어질 것이다. 하기사 내 막내의 고등학교 1학년 때 학부모 모임이 자식이 30 중반을 넘어가는 지금까지 이어지고 있다. 여기서 간과할 수없는 점은 우리나라 교육의 문제점은 과도한 정보를 통해서 욕심의 물결이 경쟁으로 이어지는 것 같다. 다시 말해서 태어나자마자 어머니들의 모임은 끝없이 팽창하고 또 네가 하니 나도 해야 한다는 욕망의 경쟁이 불붙어 꺼질 줄을 모르기 때문에 사교육이라는 거센 파도가 밀어닥치는 원인이 되는 것 같다.

이런 거대한 행진에 늙은이의 소용은 손자들의 보호나 등하교를 돌보는 일이 고작 필요한 부분인 것 같다.

젊은 날은 숨이 찰 정도로 직장에 헌신했고, 그런 시간이 허망히 지나버린 이제 되돌아보는 일로 산을 오르는 일이 다반사가 되었고, 들길을 거닐면서 황혼을 바라보는 전원생활의 하루는 계절을 느끼는 일로 지나간다. 어느새 봄의 꽃들이 경쟁하는 전원을 바라보노라면 더위에 허덕이는 그늘을 그리워하고 또 가을의 조락(凋落)을 지켜보기도 전에 이미 가을은 겨울을 전해오는 바람의 소식이 분주하다.

시를 생각하고 수필을 써야 한다는 소명이 머리에 가득하기 때문에 항상 이런 중압이 아마도 시간을 재촉하는 일이 되었는지 나의 하루는 퇴직 전이나 이후나 별로 다름이 없다는 점에서 만족한 삶이 된다. 물론 그렇더라도 시간의 등성이가 항상 붐비는 것은 아니다. 글이 줄줄 나오는 물살도 아니고 오르면 내려가는 이치가 글쓰기에도 적용되기 때문에 초조와 번뇌는 어김없이 찾아오는 그림자로 작동된다.

나는 손자에게 먼저 전화를 걸어 안부를 묻는다. 그럴라치면 홍겹게 다가와 전화로 응대하는 녀석이 있는가하면 어쩌다 제가 바쁘면 제 어미에게 물려주고 대꾸조차 없는 전화를 자주한다. 그러나 이런 일은 재미일 뿐 섭섭하다는 생각을 갖지는 않는다. 이 또한 나의 삶의 부분일 것이고, 내가 사는 도정(道程)에서 만나는 홍미이기 때문이다. 만약 손자들이 없다면 나의 삶은 무미할 것이고 매우 드라이할 것은 자명한 일이다. 때문에 내가 전화를 걸어 알아들을 수 없는 어린 손자의 말에 수다를 만드는 일은 비록 일방적일지라도 재미가 있다.

젊은 날의 삶은 야망을 만들기 위해 살고, 나이가 들면 이유를 만들기 위해 사는 것 같다. 즉 오늘은 무엇을 해야 나를 합리적으로 해석할 것인가의 문제 앞에서 있기 때문이다. 그러나 내가 글을 위해 머리를 짜는 일이 없다면 얼마나 허무한 일이 많을 것인가를 생각하면 글은 나를 만족의 바다로 유영하게 만드는 좋은 스승인 것 같다.

오늘도 나는 이런 스승을 만나기 위해 아침을 들자마자 서재(書齋)로 올라간다. 음악을 듣기도하고 깊은 생각에 잠기기도 하고 또는 먼 추억의 어린 시절을 돌아보는 일이 이 공간에서 마치 자유롭게 유영하는 한 마리 물고기 같은 모습이다. 나이 들어 천천히 그리고 조용히 살아가는……*

# 글과 인격

인격이라는 의미는 인간의 가치를 의미할지 모른다. 다시 말해서 인간의 품격이란 스스로 책임을 감당할 수 있는 무게에 해당한다면 이는 대인관계에 원만한 상태를 유지하는 사람을 뜻할 것이다. 왜냐하면 사람은 그 나름의 무게를 느끼는 일이 상대방에게서 금시 감지되는 호불호의 인상으로 나타나기 때문이다. 처음 사람을 만나면 단 10초도 되기 전에 이미 판단의 정리는 끝난다.

글은 위장을 일삼지만 결국은 자기를 보이고 나타내는 점에서 변명거리가 없다. 왜냐하면 글을 잘 쓰기 위해서 온갖 장치를 마련하고 또 수식을 일삼는 행위는 결국 자기를 위장하는 방법으로 일관하게 된다. 특히 시는 이런 장치를 가장 많이 활용하는 점에서 변명의 여지가 없을 것이다. 물론 시는 수축적이라는 특성에서 암호화 같은 미로를 만들지만 결국 시인 자신으로 돌아가는 길을 만들고 만다.

한용운의 시는 여성적이라면 통영의 청마나 이육사는 남성적인 느낌을 준다. 그러나 그들의 내면은 결코 여성적이거나 남성적인 시적 특성과는 다른 것 같다. 신념과 현상은 일치하지 않고 차이로 나타나는 것 같다는 점이다. 그러나 이들의 시에는 진정성이 담겨진 점에서는 아무런 이의(異議)를 제기할 필요를 갖지 않는다. 감동을 줄 뿐만 아니라 깊은 파문의 인상을 지속하는 힘이 있기 때문이다. 시의 자리는 결국 감동이라는 진정성에 도달하는 일이면 그 소임은 충분하다.

그러나 시를 자랑으로 여기는 사람이나 내가 언제 등단했다는 앙상한 뼈만을 주장하는 사람은 진실을 갖고 시에 임하는 일―가짜 시인이다. 더구나 후배를 내려다보는 시인의 경우는 확실히 초라한 늙은이 일 것이다. 나와 나이가 비슷한 소설가의 경우 황당한 일을 경험했다. 그와 나는 나이가 비슷하지만 등단이 앞섰다는 이유로 한없이 불편하게 했던 경우를 당한 적이 있다. 솔직히 때려주고 싶은 어리석은 투정이었다. 물론 나도 1962년으로 치면 그가 나의 후배이지만 나는 그런 억지를 마다 했고―이래서 그와 나는 다시 만나기 싫은 사람으로 변했다. 우선 인간의 품격이 안 되었기 때문이다. 또 대학으로 보면 후배의 경우도 그렇다. 30대 시절 고등학교 교감을 하고 있을 때 만났던 그는 시종 내려다보는 태도를 경험하고 다시는 만나는 일을 외면하고 살았다. 그러나 그가 하는 잡지를 창간호부터 지금까지 보내주는 걸 보면 그 첫 번째 만남을 후회하는지 모를 일이다. 그러나 그 잡지에 아직까지 한 번도 작품을 보내준 적은 없다. 글을 쓰는 일은 인격을 쓰는 일이지 오만(傲慢)을 쓰는 일은 아니라는 점이다. 얼마나 좋은 혹은 뛰어난 작품을 써서 존경을 받는가의 문제가 우선하는 일이지 언제 등단했다는 명찰은 초라한 일이다. 왜냐하면 명찰의 크기는 일정하게 규격화 되었을 뿐만 아니라 특이한 색깔로 치장하지 않는다. 이런 이치로 보면 거들먹거렸던 치기(稚氣)는 정신의 문제가 왜곡되었거나 잘못된 사고로 형성된 바보짓의 표현일 것이다. 염소는 태어날 때부터 수염이 있을 뿐, 나이를 가늠하거나 명예를 나타내는 상징은 아니다. 글의 인격은 항상 겸손을 표현미로 하지만 그가 생각하는 사고의 폭은 자신감과 긍지를 가져야할 뿐, 표현의 실체는 겸손과 사랑을 담는 일이 앞장서야 한다는 뜻이다.

이제 나의 등단은 비공식 47년, 공식으로는 31년이 되었다. 그러나 이런 숫자의 나열은 아무런 의미를 갖지 못한다. 아직도 돌아보면 어리석고 부족한 표현의 땟물을 벗지 못한 스스로를 발견하는 일은 나의 부끄러움이기 때문이다. 봇물이 터지듯 시원하고 순수한 글의 폭포를 맛보고 싶은 나의 소망은 지금도 간절하고 절실하다. 그러나 아무리 노력해도 글의 장인(匠人)이 되지 못하는 내 모습에 염증을 느끼는 것은 사실이다. 그러나 많이 쓰는 글 공장을 운영하는 내 성미 때문에 나의 글쓰기 속도만은 타의 추종을 불허하는 마음이다. 물론 글의 속도와 양과 글의 내용과는 어긋한 간격을 감지할 때 우울해진다.

지금 시인론 550여명과 시 창작 1500여 수는 누구보다 많을 것이다. 그렇더라도 무엇을 내세울 수없는 빈약한 표현의 한계 앞에 절망하면서 괴로워하는 일은 나의 길이 아직도 앞으로 열려진 이유로 돌릴 수 있을 것이라는 위안이 있다.

지금 나는 돌아본다. 얼마나 후배 앞에 겸손했는가 그리고 얼마나 귀감이 되는 글을 써왔는가를 돌아보면 부끄러움이 더 많은 이유에 참람(僭濫)하다. 그러나 이제 나이 깊이에 이르러 철없는 짓을 하지 않았는가의 후회는, 내가 살았다는 이유의 일단일 것이지만 앞으로 글의 방향을 순수로 포장하는 방법론일 것 같아 위안의 목록도 된다. 이런 마음은 죽는 날까지 겸손의 키를 갖추어야 하는 일이 나의 문학의 본질이 되어야 할 것 같은 이유이기도 하다. *

# 사람 사귀기

인간이 살아가노라면 사람과 만나고 헤어지는 일이 반복되면서 일생이 점철된다. 물론 외향적인 사람은 비교적 원만하게 어울리면서 조화를 유지하지만 내면적인 사람에게는 자기 성에 갇혀 지내는 일생을 살게 된다. 비록 안과 밖의 차이처럼 대단하다고는 할 수 없지만 평생을 나누어 따져보면 대단한 차이가 엄존할 것으로 생각된다. 물론 성품에 따라 선택되는 행동양식을 어느 것이 좋은 것이거나 나쁘다는 말로 평가를 내리는 것 또한 경계해야 할 일이지만 성품에 따른 일장일단을 갖는 것이 사실일 것이다.

기실 외형에는 행동의 반경이 넓기 때문에 실수가 자주 있다면 내성적인 특성에서는 비교적 실수의 일들이 다소 작을 것이다. 그러나 화려한 것을 동경하는 일은 누구에게나 선망의 일이 될 것이다. 우선 사람을 만나면 가장 짧은 순간에 그 사람의 평가는 이루어진다. 더불어 그 사람의 음성이나 외며 체격을 보고 전체의 윤곽을 그리는 일은 그렇게 오랜 시간을 요하는 것은 아니다.

맨 처음은 눈으로 판단한다. 그 사람의 눈에서 풍기는 빛은 일차적인 평가의 관문이 된다. 눈빛이 형형하게 빛나는 사람과 눈빛이 죽은 사람의 경우—앞에 경우는 아무래도 압도적인 인상을 자극하게 될 것은 뻔하다. 그 다음은 전체적인 얼굴 모습일 것이다. 그렇다고 얼굴이 전체를 좌우하는 일은 아닐 것이다. <마의상서>에 相好不好身 身好不好心이라는 말이 있지만 마음을 아는 데는 상당한 시간이 경과해야 알 수 있는 최종의 관문이라면 신체의 균형은 호감을 자극하게 될 것이다. 그렇다고 남자가 여자 같은 혹은 여자가 남자 같은 모양보다는 아무래도 좋은 인상을 이끌어오는 매력은 원만한 모습에서 나올 것 같다. 하기사 요즘은 정형외과에서 주문식으로 맞춤 얼굴이고 신체인 바에야 오래 걸리더라도 마음을 평가하는 일이 좋을 것도 같다. 낮은 키보다는 큰 키가 좋을 것이고 단아하고 준수하다면 더없이 좋을 것이다. 그러나 사람을 사귀는 일은 이렇게 외형이 지배적이어서는 안 된다. 깊이 있고 다감하고 남을 배려할 줄 아는 사람일 때 더없이 좋은 우정을 교감할 수 있기 때문이다. 益者三友와 損者三友라는 말이 있지만 아무래도 좋은 인상은 결국 좋은 마음을 가질 때 신체 혹은 얼굴조차도 온화하고 따스함으로 변하기 때문이다. 찡그리고 울부짖는 얼굴은 그 모습대로 얼굴에 그려지는 바, 평안한 마음으로 일상을 살고 대인관계를 가질 때 비로소 좋은 인상을 만들게 될 것이다.

나는 좁은 행동반경에 갇혀 사는 사람으로 분류되어야 할 것 같다. 물론 형님이라 부르는 사람이 많은 것도 사실이지만 나는 그런 속성에 익숙한 편은 아니다. 정작 사람을 만나면 오히려 작아지는 느낌을 갖고, 피하고 싶은 생각도 앞장서는 성격이다. 물론 술이나 한잔 같이하면 자연 친해지는 것도 사실이다. 내 스스로가 격의를 없애버리고 다가갈 때 상대도 가까워지는 이치는 술이 절대적으로 편리하다. 그러나 술이 술로 들어가면 안 되지만 적당히 라는 선을 지키면 술에 의해 승선하는 놀이는 천국처럼 편안해진다. 그러나 어디 술이 적당이라는 선을 제시한 적이 있던가 말이다. 이런 이치로 아내에게 항상 핀잔을 받고 살아온 세월이 너무 깊다. 이때마다 "그래. 알았어!"가 고작 대답이지만 이런 대답은 며칠이 지나면 잊혀지는 일로 돌아선다.

나는 사람을 만나면 우선 좋은 것을 느낀다. 어울리고 체온을 나누다보면 편안해지지만 이를 오래 끌고 가는 지구력은 한계가 있는 성미이다. 이런 성격은 편협을 확실하게 느끼기 때문일 것이다. 만나기는 하지만 오래 지속하는 것에서는 한계를 갖는 나의 삶은 당연히 글 쓰는 일이 제격이라는 말로 아내는 말하고 있다.

기실 글 쓰는 일이야 나 혼자 작업하는 일이 모두이기 때문이다. 남의 도움이나 조력을 가급적 받지 않으려는 성미―부탁이나 도움을 싫어하는 내 성미는 이런 점에서 한계가 된다. 술값이 있어야 약속의 장소에 나가기를 결정하고 내가 돈을 내야 직성이 풀리는 성미이기에 항상 결벽 같은 내 행동의 한계를 절감한다. 때로는 남에게 의지하고 기대고 부탁하는데서 애환을 나눌 수 있지만 이런 일은 아예 안하는 나의 성미는 결국 좁은 행동반경으로 한정되는 것을 어쩔 것인가? 수청무대어가 생각난다. 큰 고기를 위해서는 적당히 가림이 있는 물이어야 하지만 너무 맑으면 큰 고기는 위험해서 살지 못하는 이치를 대입하면―물론 나를 큰 고기라 생각해 본적은 없다. 이치가 그렇다는 말이다.

혼자 2층 서재에서 글을 이어가는 부피―나는 글을 쓸 때 자꾸 얼마인가의 매수를 확인하는 버릇이 있다. 결국 내 인생의 동반자는 나 혼자 라는 말로 문을 닫고 싶다. 그래도 외출을 좋아하는 성미라는 점에서 이율배반의 삶을 누구나 선택하고 진행하는지 모를 일이다.*

# 며느리

자고(自古)로 나그네를 후히 먹이고 머물게 했던 우리네 사랑방 문화는 나보다 남을 배려하는 풍습에서 매우 현명한 일이었으니, 한국의 부자들은 한결같이 그런 지혜로 움직인 사실이었다. 결국 이 나그네들이 누구의 집은 어떻더라는 풍편을 만들어서 명망을 탄생하게 하는 뉴스 원(源)이었기 때문이다.

나는 딸이 있음을 감사한다. 그리고 며느리가 둘임을 다시 감사한다. 딸은 딸의 역할이 있고 며느리는 며느리로서의 애정이 있기 때문이다.

한 집안이 번성하고 잘되려면 밖에서 들어오는 사람을 귀하고 소중하게 생각해야한다는 것이 나의 지론이다. 그러나 딸은 딸이기 때문에 며느리와는 다소 소홀하게 해도 괜찮지만 며느리는 아무래도 관습과 오랜 시간의 친숙도에서 다소 낯선 이유로 더욱 애정을 보이는 것이 당연하다고 생각한다. 그러나 때로 본의 아닌 소홀함이 있더라도 며느리는 소중함에는 딸과 하등에 다름이 없을 것이다. 왜냐하면 집안의 흥망과 높이로 지향하는 데 결정적인 기능을 하는 견인차의 역할이 며느리이기 때문이다. 흔히 아들만을 중히 여기고 며느리를 소홀하게 하는 집안의 경우는 멀리 보면 내리막으로 향하는 것을 짐작해야 한다. 작은 예일지 모르지만 부부간 금슬이 좋고, 자식을 잘 키우면 결국 그

것이 집안의 흥망을 좌우하는 원인이 며느리의 마음에 있다는 생각이다. 결국 아들의 훌륭한 내조는 훌륭한 아들의 길을 만들게 되고 손자의 건강과 좋은 교육 등이 한 데 모아져 한 집안의 흥망에 절대적인 역할이 된다는 점을 간과해서는 안 된다는 생각이다. 단순히 시부모에게 효도만을 강요하는 일은 옳지 않다는 생각이다. 우선 며느리를 높이면 자연스레 효도의 마음을 갖게 되고 스스로 깨달음의 경지를 유지하게 될 것이기 때문이다.

아들을 사랑한다. 그러나 정작 아들에게 하고 싶은 말은 며느리에게 먼저 한다. 그러면 아들과 며느리의 회선이 똑같아지는 경제적인 대화법이 나의 방법이다.

나의 첫째 며느리는 심리학을 전공했고 머잖아 박사학위를 소지한다. 강의를 나가는 것은 물론 전공 쪽에서는 대단한 자부심을 갖고 있어 보기에도 여간 대견스럽다. 자기가 하는 일에 소신과 긍지를 갖는 일은 아무나 하는 일은 아닐 것이기 때문이다. 전공을 했더라도 아이를 낳고 생활을 하다보면 내팽개치는 일이 대부분의 일임을 볼 때, 내 며느리의 자부심은 확실히 믿음직스럽다.

내 아들의 내조를 잘하는 일은 아마 으뜸일 것 같다. 부부가 일생을 살다보면 서로 보완하고 조언하면서 살아가는 일은 행복의 원천일 것이다. 생각이 한데로 모아지지 못하면 언젠가는 틈이 벌어지고 그 틈은 성격적인 갈등을 유발하기 때문에 위험을 수반하게 된다면 내 며느리의 성품은 이점에서 안도감을 준다. 가령 초행길 여행을 가는데 서로가 의논하고 조언하여 생각을 합하면 무사히 목적지에 이를 수 있는 이치는 삶의 경우도 같을 것이다. 아무리 내비게이션이 정확하다해도 두 사람의 판단이 합하면 확실하게 소망을 달성하는 경우와 부부는 같을 것 같다.

어머니가 자식에 헌신하는 일은 특별한 것도 아니지만 소신을 가지고 교육하는 일은 어머니의 훌륭한 역할이라면 내 며느리의 자식 키우기는 완전히 믿어도 좋을 것 같다. 우선 시류에 초연함일 것 같다. 남이 하니까 내 아이도 해야 한다는 시류 추종의 어머니는 하수(下手)의 어머니일 것이다. 아이에게 할 수 있는 에너지를 알아 깨우쳐주고 조언하는 어머니가 되어야 한다면 내 며느리의 교육은 사랑하되 맹목의 사랑을 절제하는 점을 아는 것 같다.

자식의 힘으로 할 수 있는 조언이나 격려는 절대 필수의 덕목이다. 그러나 설사 안 다해도 실천으로 시간을 건너가는 일은 드물다. 많이 배운 사람일수록 이런 경우는 우려스럽게 광기를 나타내는 것이 보편적이다. 서울 강남사람의 대부분은 지식인의 어머니가 많다고 한다. 그러나 맹목(盲目)의 전차(電車)에 끌려가는 경우가 대부분임을 보면─자식의 키를 키우는 것이 아니라 약물로 뽑아 높이는 일이 옳다고 할 수는 없다. 이 점에서 내 며느리의 교육관은 좋은 것 같다. 물론 앞으로 보아야 할 숙제가 더 많지만…….

둘째 며느리이자 막내다. 우선 큰 며느리와는 힘에서 딸린다. 이런 말을 앞세우는 일은 자식을 키우는 일에서도 때로 힘이 있어야하기 때문이다. 그러나 둘째는 첫째와 달리 좀 더 섬세한 것 같다. 직업이 변리사의 일이라 치밀하고 정치(精緻)함을 요하는 일은 성미와 같아야 할 것이기 때문일 것 같다. 남편을 내조하는 못에서는 첫째와 버금한다. 항상 겸손으로 남편을 내 새우는 일은 오만해지기 쉬운 아들의 행동에 견인을 감당하는 것 같다. 연애 시절부터 격려의 힘이 짧은 편지 글로 보였고, 부모가 하지 못하는 격려는 아마도 큰 힘이 되었을 것이다. 이런 에너지는 결국 사법시험의 합격을 즐기게 되었고 결혼에 까지 무사히 안착했다. 이제 젖먹이 딸을 키우는 일에 헌신하는 모습은 여간 대견스럽지 않다. 일주일이면 어김없이 안부를 물어오는 전화는 우리 노부부에겐 위안의 즐거움이고 기다림이다. 이런 마음은 작은 일이 될 수도 있지만 여간 행복을 주는 음성이 아니다. 이제 초보 엄마의 힘겨운 나날을 사랑으로 넘어가는 일이 믿음직스럽다. 이제 30대의 둘째에게는 앞으로 생활에 넘어야 할 산들이 즐비할 것이지만 따스한 며느리의 마음이 곁에 있는 한 아들의 길은 매우 평탄하고 행복할 것이다. 이 모든 일은 가화만사성(家和萬事成)이라는 평범에서 오는 바, 며느리의 역할이 중요한 인자들이 될 것이다. 그 심성에서는 조화로운 집안―우리 집의 미래가 대로(大路)로 통할 것이기 때문이다. 아들이 잘하기 보다는 오히려 며느리가 잘하는 일은 한 집안을 떠받치는 힘이 될 것이라는 내 판단이기도 하다.

나는 두 며느리를 사랑한다. 줄 것이 없어서 애달프고, 부족해서 미안하다면 아버지로서의 당연한 일이지만 이 또한 내 사랑의 마음으로 화목하고 행복한 집안을 위해 나도 몫을 하고 싶어 하는 소망일 것이라면 나는 행복한 시아버지일 것이다.*

# 고향

사람은 그가 태어난 땅에 애착을 갖고 또 돌아가기를 열망하는 것은 당연한 일이 될 것이다. 하여 수구초심(首丘初心)이라는 성어도 있으니까 말이다. 그러나 어디 고향에서 태어나 고향에서 살다 죽은 본토박이 사람이 얼마나 될까 싶다. 경상도 사람이 전라도나 서울에서 살다 죽는 것처럼, 섞이고 섞이면서 살아가는 일이 다반사일 것이다. 일찍이 성인도 고향에서는 보통 사람으로 취급 받았다는 일화는 알려진 일이지만―고향을 고집하는 일은 현대에서나 과거를 막론하고 동일시하는 일이다. 물론 평범한 사람이 나쁠 이유야 없겠지만, 오죽했으면 금의환향이라는 뜻이 선망의 언어로 취급된 것으로 보면 고향을 떠난다는 것은 출세와 명망을 위함이 당연으로 받아들여졌다. 男兒立志出鄕關, 學若不成死不還이라는 말이 있는 걸로 보면 고향을 떠나는 일에는 죽음을 불사하면서까지 출세해야 할 당위성이 대두된다.

고향은 마지막 의지처로서의 이름―어머니의 가슴처럼 기대고 싶은 마음이 자리한 곳이다. 물론 고향이 타향보다 더 좋으라는 법은 없지만, 누구나 고향을 지향하는 정서에는 정신의 귀의처로 작용할 때, 돌아가 편안히 쉬고 싶은 망향 의식이 자리한다.

각설하고, 나는 고향을 갖지 못했다. 떠돌이 생활이거나 아니면 도시에서 살아온 사람에겐 고향의 절실성이 희박하다. 이는 도시의 특성이 씨족적인 관념이나 사고와는 달리 모든 게 용해되는 공간이기 때문에 굳이 고향의 누구라는 이름을 들먹일 이유가 없는 공간이 도시의 특성일 것이다. 그러나 시골은 아무래도 좁다는 공간의 특성상-주로 씨족사회의 혈연관계로 구성된 누구누구의 자식이거나 조카 혹은 친척이라는 연결고리가 명료하기 때문에 타성을 가진 사람이 들어오면 금시 배척 혹은 살아가는데 불편한 통과의례를 거치는 문제가 등장한다. 그러나 도회지는 이런 관계가 적용되지 않는 점에서 배타적이지 않고 친소관계를 유지하는 이유로 보면 도시의 매력이 될 것이다.

서울에 천 만 명의 인구는 대부분 전국의 모든 사람들이 모여서 산다. 서울토박이라는 말은 이제 황당한 말로 취급된다. 그러나 서울을 떠나면 으레 고향이 어딘가에 따라 의식의 물살이 교감될 때, 그만큼 고향의 매력은 금시 소통의 길을 넓히는 역할로 향우회를 만들게 된다. 때문에 선거철이면 이런 계산으로 출마의 고민을 하는 풍경은 예외가 아닐 것이다.

은퇴 이후 내가 사는 공간은 이른바 도시다. 물론 나의 고향은 아니다. 그러나 모임에 나가면 어디선가 튀어 나오는 고향이 어딘가의 물음 앞에 당혹해진다. 무슨 이유로 물음을 던지는가의 계산을 해야 하기 때문이다. 고향을 앞세워 무언가 선점(先占)을 하려는 의도에는 초라한 모습이 들어 있음을 헤아리게 된다. 육신으로 고향을 앞세우지만 정작 그의 정신은 고향의 애착과는 다른 행동이 나오는 일에서는 씁쓸해지는 행위를 경험하기는 쉬운 일이다. 독점 혹은 독과점의 일은 협량한 징표가 되기 때문이다.

나는 없는 고향을 찾아가 노래할 가락이 없다는 빈곤으로 지금 살고 있는 공간을 노래한다. 하여 이런 의미의 시를 지었다. "고향이 어디냐고 물으면, 여기서 조금 떨어진 곳"이라는 말이 생각났다. 왜냐하면 설사 지금 사는 곳과 멀리 떨어졌다하더라도 붙어 붙어있는 대한민국의 땅이기 때문이다.

그러나 돌아가 의지하는 마지막 공간을 가진 사람은 행복할 것이다. 떠돌이의 쓸쓸함은 정착할 수 없는 집시의 마음과 같이 유랑의 바람이기 때문이다. 이제 나이가 들어 안착한 땅에서 낙조를 바라보는 일상에서 나는 애착과 사랑을 보내면서 시의 정신으로 흡수되어 노래로 살아난다. 도시에서의 정서는 자연 도시적인 관념으로 노래한다면 전원에서 보고 듣는 정서에서는 자연스레 전원의 풀과 바람에 시의 혼이 투영되는 것을 어쩔 수 없는 일이기 때문이다. 이 점에서 나는 이방인의 쓸쓸한 노래를 오늘도 고독으로 옷을 입고 바람에 나풀거리는 행로를 재촉하고 있을 뿐이다.＊

# 소요(逍遙)처럼

폭력이라는 말은 무섭다. 가령 폭설(暴雪)이나 폭포 혹은 폭풍, 폭동, 폭주, 폭력 등 앞에(暴)—사나울 폭을 붙이면 모두가 범상한 의미가 아니라는 점에서 두려움을 주는 이유일 게다. 철없는 눈이 우수 경칩이 지났는데도 폭설이라는 용어가 어색하지 않게 많이도 내렸다. 소나무 가지가 혹은 소나무 밑동이 뿌리째 뽑힌 폭설은 가히 위력을 나타내는 흔적으로 산을 오르면 봄이라는 말이 무색하게 슬픈 잔해처럼 넘어져 있다.

가히 철없는 눈이라는 말이 당연함일 것 같다. 눈에 철이 있고 없음일까만 수도권에서 31센티 혹은 20여센티를 넘어 내린 눈은 가히 위력을 실감하게 된다. 더구나 보기 좋은 소나무에 쌓인 눈의 무게가 얼마이길래 뿌리까지 드러내놓고 누워버리는 항복의 의미는 처참한 모습이다. 정도를 넘어선 일이라서 철없다는 부름인지는 모르지만 차라리 서글퍼진다.

창공에서 부드럽게 날리면서 내린 눈이 그토록 무서운 위력을 발휘하리라곤 전혀 상상할 수 없기 때문이다. 마치 한 방울의 물이 바위를 뚫고 이내 천리 장강을 이루는 모습을 떠올리면 부드러운 일에는 곧 위력을 발휘하는 에너지를 감추고 있다는 지경에 이른다. 그렇다 보이는 것보다는 오히려 보이지 않는 것—그 속에는 무한의 에너지가 숨쉬고 있는지 모를 일이다. 약한 것, 기우는 것 그리고 마침내 사라지는 것들에서 느끼는 연민은 모두 어떤 에너지를 가지고 있을 것이다.

허세와 호기로 세상을 넘나드는 사람들이 횡행하는 일이 다반사의 일상에서 눈이나 강풍이 불면 자기에게 다가오는 위험이 무엇인가를 계산하는 것이 다반사일 것이다. 그러나 한가하게 내리는 눈의 모습이나 보슬비의 소리를 바라보는 인간의 시선에서는 그윽한—희망의 메시지를 감지하게 된다.

그러나 햇살의 힘은 느낄 수 있고, 눈의 위력을 실감하는—부러진 나무들의 아픔이나 먹잇감을 찾지 못해 찾아든 새들의 아우성을 바라보면 인간사가 허무해진다. 더구나 쌓였던 눈이 햇살의 위력에 의해 소리 없이 사라진 모습의 공허—허무는 확실히 에너지를 가지고 있다. 비록 애달픔이 남아있다해도 어른거리는 잔상(殘像)에서 다가오는 아픔 같은 것—그런 잔상에 남겨진 기억에서 건져 올리는 인간의 사고 속에는 축적된 소리가 숨어있기 때문이다.

소유가 힘이 있는 것 같지만 오히려 무소유에서 느끼는 것은 세상의 모든 것과 소통하는 의미에서 위대한 것이다. 그러나 기갈(飢渴)을 채우기 위해 음식을 찾고, 허전을 메우려고 이동하는 행동 속에서 인간은 욕망을 키우게 된다. 완전한 것이 없는 완전의 공간에서 허망이 들린다.

이해라는 것. 이는 이미 얽매인 노예의 신분이다. 그러나 이를 벗어나는 일은 일종의 망각을 뜻할 것이다. 이 망각은 완전히 자유로 통하는 길을 만든다. 그러나 자유라는 이름도 어떤 얼개를 가지고 있기 때문에 행동을 거기에 맞춤하는 일이라면 자유라는 말조차 사실은 자유가 아닐 때 갖게 되는 열망의 의미일 것이다.

눈이 녹아버린 땅에는 자취도 없고 오로지 검은 모습이 잔상을 떠올리게 한다. 그러나 폭설에 묻힌 땅을 생각하고 이어 없어진 자취를 생각하는 것의 차이는 있다. 다시 말해서 아예 모든 상황을 보지 못한 사람의 의식과 전체의 진행을 파악하고 있는 것의 차이―자유라는 말에는 그만큼 구속이 존재하고 있다는 것이다. 때문에 살아있는 체험의 인간만이 자유를 알고 그 자유를 그리워하는 것은 자기 존재의 영역에 대한 수식일 뿐이다.

어제까지 마당에 쌓인 눈을 어떻게 치울까 염려했고 힘으로 부치니 그냥 두고 보자는 것을 외면했다. 그러나 서울에 외출하고 집에 돌아온 오후엔 거의 말끔하게 사라진 덱크의 허전을 바라보니 내 삶의 족적이 보이는 것 같다. 무엇을 남기고 또 무엇을 남겨서 새기는 어리석은 행위가 다가오기 때문이다.

내 글의 모습―이제 나이 깊이에서 놓아버리고 싶다. 마치 강풍에 훨훨 어딘가로 날아 가버리는 뒷모습의 허망을 느끼기 때문이다. 또한 무심한 햇살아래 사라지는 저 순간의 의미에 전율하는 고요를 감당하기 어렵다는 이유에서이다. 마치 고요의 폭력을 느끼는 일이 나의 마음에 쌓인 허무의 공기와 같다. 누가 공감했고 또 누가 나의 뒷자리를 애달파하는 일도 결국은 어리석다는 결론 앞에 서성이는 오늘이 있을 뿐이다. 서울에 간 아내를 기다리고 기다리는 이 일이 나에게 오늘을 살고 있는 모두일 뿐이다. 어린애들처럼 사랑이 어떻고 라는 장황이 무슨 소용이 있겠는가?

눈길에 조바심으로 골목을 빠져나간 자취가 이제 걷힌 햇살의 틈새로 돌아오는 순간의 웃음을 발견하면 내 삶의 모든 일은 자유로워질까? 머리를 굴리면서 하루를 살기위해 다시 자판을 서성이는 내 모습이 검은 글자사이에서 역시 서성이고 있다.

춘설이 남아있는 먼 산들의 모습이 다정스럽다.*

# 손자

나이가 들면 어쩔 수 없이 손자—할아버지가 된다. 이 말을 들으면 나이가 많다는 선입견에 놀라는 사람도 있고 더러는 자긍심을 갖는 경우도 있을 것이다. 할머니의 경우는 여자가 그렇듯 젊음을 앗아간 기분에 빠질 것이고 할아버지도 더러는 그런 기분에 빠질 수 있을 것이다. 그러나 언젠가는 결국 할아버지와 할머니의 명칭 속에 들어가 살 수밖에 없는 이치—나이의 포로가 되는 일이 된다.

각설하고 이제 나이 칠순의 깊이에 들어간 나는 어느새 손자들의 재롱에 포로가 된 모습에 놀라고 있다. 왜냐하면 자기 나이를 망각하고 항상 젊음을 지향하는 마음에서 살기 때문이다. 설사 80이 되고 90이 된다 해도 '내가 늙었구나'를 수긍하는 일은 쉽지 않을 것이다. 길거리에서 예쁜 사람을 보면 다시 눈을 돌리는 일이 나이와는 상관없는 눈의 유혹이 앞장서기 때문일 것이다. 그러나 삐걱거리는 뼈마디의 소리나 점차 기름기가 빠져나가는 살갗들에서 나이는 이미 말짱한 정신을 쉽게 무너뜨리는 예가 된다. 결국 신체가 쇠약(衰弱)하면 정신이 쇠해지는 수순을 밟는 것을 깨닫게 된다. 물론 신체를 단련하여 정신이 늙지 않는 방법이 없는 것이 아닐 수도 있다. 그러나 대부분 신체의 노쇠(老衰)는 정신의 이완을 가져오는 길이 된다는 것은 보편적인 현상일 것이다.

외손자와 진손자를 구분하는 것은 이미 낡은 말일 것이다. 요즘은 딸이 아들보다 더 선호를 받는 시대—더구나 경우에 따라서는 성까지 어머니 성(姓)으로 쓸 수 있는 시대에 여자와 남자를 구분하는 일은 손자의 경우도 낡은 관습일 것 같다.

내 손자 준이는 마사츄세스주의 보스턴에서 태어났다. 이른바 포닥으로 하버드에 근무할 때 손자를 낳았고 이후 클리브랜드의 병원에서 근무할 때, 손녀 진을 낳았다. 이른바 원정출산은 아니지만 공교롭게도 미국에서 아이 둘을 낳은 셈이다. 조국을 생각하는 마음이 특출 난 것은 아닐지라도 허세를 위해 원정출산을 조장할 만큼 아들의 정신은 뒤틀린 것이 아니라는 것을 나는 확신한다. —초등학교 1학년에 다니는 손자에게 군대를 가야 한다는 마음을 심고 있는 교육관에서도 원정출산의 특혜를 바라는 마음은 아예 없다.

내 손자는 미국에서 태어났지만 영어를 모르는, 또래 중 가장 영어를 모르는 처지가 답답하여 과외를 받을 뿐이지 영어가 절실해서는 아니다. 적어도 아이의 입장에서 교육의 필요성을 사고하는 아들 내외의 생각을 나는 믿고 있다. 왜냐하면 교육은 신념과 관이 뚜렷하면 언젠가 소기의 목표를 달성할 수 있기 때문이다. 이른바 글로벌—G세대의 가장 부족한 것이 끈기의 부족이기 때문에 집념을 가지면 앞설 수 있는 기회는 항상 충분하기 때문이다. 교육은 남이 하니까 따라가는 것이 아니고 스스로의 점검과 계획이 있을 때, 비로소 목표에 도달하는 힘을 길러주는 일이라야 한다는 생각이다. 손자는 태권도 마니아다. 부산에서 명절에 서울에 오는 때도 도장에서 태권도를 마치고 출발하는 마니아—좋은 일을 하는 일이 믿음직스럽다.

손녀—진은 별명이 끼끼이다. '내꺼', '네꺼'라는 말에서 발음이 엇나가 끼끼라고 부른다. 이런 별명이 괜찮은 것은 별로 거부 반응이 없이 주고받는 일이지만 나이가 들면 아마도 이름을 부르는 시대가 도래 할 것이다. 발음이 약간 꼬이는 듯한 손녀의 행동을 보면 천상 여자라는 생각이 든다. 인형을 좋아하고 오빠를 향해 투덜거리는 일―제 힘이 못 미치면 언제나 엄마나 어른의 도움을 요청하는 모습이 약한 여자의 형편을 대변하는 것 같다. 그러나 제 어미는 공주라는 별칭으로 귀여워한다. 이 손녀를 보면 내 눈에는 제 새끼 함함하다는 고슴도치의 말이 사실이라는 뜻을 새긴다.

딸의 딸인 외손녀의 행동거지를 보면 웃음이 난다. 오줌을 누다 똥이 나오는 일을 '피피 집에 푸푸가 놀러왔다'거나 이천 하늘에는 '별이 많다'는 비교―동생이 '기차(비행기)를 타고 온다'는 비유 등은 나이 37개월의 아이 입에서는 만들 수 없는 용어에 경기(驚氣)를 준다. 아마도 상상력의 놀람은 문학적인 깊이를 어른보다 더 뛰어난 용어를 쓰고 있다는 점에서 비범하다. 문학에 점을 찍어 놓은 외할아버지의 기대는 내가 강요할 일은 아니다. 그러나 이천에 오면 내 서재에서 글쓰기나 그림 그리기에 유다른 점은 미래를 기대하는 나의 욕심일 것이다. 어려서의 조짐은 이후를 그렇게 진행하는 인자(因子)를 제공하기 때문이다.

손주 셋이 현재이고 앞으로 두 달이면 막내며느리의 출산이 기대된다. 손녀라는 판단이 섭섭하지 않지만 아마도 며느리는 아들을 선호하는 눈치다. 변화가 자심(滋甚)한 세상에 아들과 딸을 구분하는 일이 얼마나 공허한가는 살아보면 알 것이다.남자의 역할은 축소되고 반면에 여자의 역할이 점점 더 커지는 시대―이런 시대의 변화는 더욱 눈부실 것이기 때문이다.

이번 설은 셋이서 난장판을 이루었다. 서로 이기려는 발상과 맞부딪히는 일이 빈번했고 소란스러웠지만 이 또한 삶의 활력이었다. 눈싸움이나 눈사람을 만들어 세워놓은 장면이 신선했고 아름다웠다. 이들의 모습을 바라보는 내 눈에는 할아버지의 마음이 미소로 그림을 그린다.
그렇다, 늙어서 바라보는 세상도 아름답다. 따스하고 사랑스런 아이들
의 모습에서 나는 내 삶의 여백이 넓어지는 할아버지의 마음이 익숙하
게 되었음을 발견하고 새삼 봄날을 기다리는 햇살 앞에 서있음을 깨닫
고 있다.

　이 책을 출간할 무렵 손녀 유리가 태어나 근 16개월을 넘겼다. 유리
는 남자를 보면 우는 일이 먼저이니 안아 보기가 뜸하다. 왜 그런지는
말 못하는 아이의 일이라 알 길이 묘연하지만 귀엽고 사랑스런 마음은
높다. 이제 얼마 있지 않으면 걸음을 걸을 것이고 말을 할 때쯤엔 넷의
조화가 아우성이고 또 아름다울 것이다. 그런 기대와 더불어 나의 인
생길도 한층 아득함으로 사라지는 그림자를 이끌게 될 것이니, 내 손
자들의 재롱 앞에 인생의 묘미는 더욱 승(勝)할 것이다.＊

# 가족여행

나이 고래희(古來稀)에 이를 줄은 미처 몰랐다. 끔직하다. 벌써 내 나이가 70이라는 등성이를 넘었고 또 엄정하게 사실이라는 점이 경악스럽다. 며느리가 4박5일의 사이판 PIC(pacific islands clube)라는 여행을 알려줄 때만 해도 그냥 덤덤했고 사이판에 가면 무슨 장치의 이름인가를 생각했을 뿐이다. 그러나 막상 비행기를 타고 가는 길에서도 내가 70이라는 일에 축하의 의미라는 생각을 해본 것은 아니었다. 그러나 2남 1녀의 가족—총11명의 내 가족이 함께 이동하는 일이 기실 홍미였고 그런 여행을 해보고 싶었던 것도 사실이었다. 일상이 바쁜 사위는 변호사 업무를 미루면서 따라 나섰고, 작은 며느리는 임신 중이었고 직장을 휴가내면서 여행에 합류한 것은 그만큼 대단한 행사의 일환이었을 것이다. 마침 건수로 따지면 야 막내아들이 여행 떠나기 4일 전에 사법 연수원을 수료했고 또 직장까지 결정한데 따른 여행의 이유는 될 수도 있었지만 내 생일을 위한 명분으로 애당초 시작한 계획이었다.

어떤 이는 가족이 모두 여행하는 것을 꺼려 따로 가거나 아니면 다른 교통수단을 이용한다는 말을 듣고 웃은 적이 있었지만—이런 계획은 아니지만 큰애는 부산에서 사이판으로 왔고 또 돌아가는 길도 그런 셈이니 따로 가는 길이었음은 다행이었을까? 그러나 그런 염려는 아

예 없었다. 왜냐하면 그렇게 세상을 두려움으로 사는 일이 나와는 안
맞는 생각이었기 때문이다. 나는 나이에 비해 자동차도 뒤따라가는 것
이 싫어서 앞서야 하는 스피드가 좋고 안 해보는 일을 해보는 스릴을
때로 즐기는 모험의 성미이기 때문이다. 도전과 도발은 다를지라도 도
전에 흥미를 갖는 것은 기회의 포착을 위한 몫이라는 생각이다.

　피난시절 남쪽에서 바닷가에서 살았어도 이웃 아이가 물에 빠져죽
는 것을 보고 아예 바다근처에도 못 가게 성화셨든 어머니 덕에 수영
을 못하는 나는 이번에 평생 바닷물에 실컷 놀아본 경험이다. 스노 쿨
링으로 태평양의 물고기를 만나 빵을 주면 먹고 달아나는 학꽁치의 모
습을 바라보는 즐거움에 하루 종일 바다 속을 유영했고, 카약—노 젓
는 일이 어려운 일이 아니라는 듯 아내를 태우고 자유자재로 바다를
왕래하는 일—바라만 본 일이지 경험을 하기는 처음이었다. 아마 서울
로 떠나려는 5일 동안 아내는 바다의 매력에 빠져—늙은 나이도 무색
하리만큼 열성으로 물에 친근해졌다. 이런 모습을 바라보는 내 마음은
허전하기만 하다. 이제 세상사에서 구분되는 나이에 이른 아픔이 마음
을 스치기 때문이다. 흔히 들어온 말이지만 마음은 젊은이와 다름이
없지만 실제로 생활의 칸막이는 어르신이거나 노약자의 자리에 앉아
야하는 일이 되었기 때문이다. 아내의 흰머리나 고집스런 언어의 습관
을 바라볼 때면 서글픔이 다가온다.

　이제 가정을 이룬 아이들은 그 자식들에 온통 열성이다. 딸은 그의
딸에 옷가지나 물건으로 채워져 있고 큰 애는 두 아이의 물건이 전부
라면 전부이고, 막내는 그 아내에 관심이 집중—이런 모습을 바라보는
아내와 나는 무언가 서먹한 기분을 갖는 것도 사실이었다. 그러나 한
편으로 옛날의 나의 모습을 보는 것 같아 흐뭇한 것도 사실이었다. 온
통 한국 사람이 넘치고 한국말이 여기저기서 들리는 것은 이른바 돼지

인푸루엔자가 지나간 이후 여행의 봇물이 터진 증거로 보였다. 영어 다음에 일본어 그리고 한국어가 러시아 말보다 앞선 메뉴판을 보면 가히 한국의 실상이 얼마인가의 짐작이 간다. 이런 일은 사이판만의 경우가 아니라 세계적인 현상—한국의 위상은 그만큼 높아졌다는 증거가 될 것 같다. 머리 좋고, 똑똑하고, 성실하고, 빨리빨리 문화의 성공을 보는 것이 오늘의 한국을 나타내는 아이콘일 것 같다.

나이가 깊어지니 모든 것이 어설퍼진다. 여길 가나 저길 가나 모두 어르신이라는 말이 보편적인 언어로 들리고 그러나 말을 자주 듣다보니 정말로 나이가 많은 것으로 생각되는 의식이 무겁게 자리하기 때문이다.

처음으로 맛본 가족여행—이런 일은 아마도 다시 경험하기 어려운 일이 될지 모른다. 저마다 바쁜 일상을 살고 있는 자식들을 바라보는 일로도 나는 행복한 주인공이 되었기 때문이다. 다만 이제 세상과의 교접이 과거와는 다를 것이라는 유추가 다소 슬픔을 가져온다. 뒤로 물러나 바라보는 것으로 만족해야하고 세상의 일에 어르신이라는 대접에 좀 더 익숙해지는 일이 당연하다는 생각을 갖는 외로움이다. 그러나 나 또한 내 부모에 경험을 물려받는다는 순환에서 오늘의 나는 행복한 노년을 보내고 있다. 내 아이들에게 아무런 부담도 주지 않고 마지막 생의 장을 마칠 수 있을 것이라는 안도감이 더욱 든든하고 아내와 들길을 걷는 보폭이 평안하기 때문이다. 글을 쓰는 일은 더욱 내 삶의 정서를 풍윤하게 만들고 있는 것도 그렇다.*

제 자

　나는 제자를 만들지 않기로 했다. 하긴 내 평생을 학교에서 생활했고 또 문학이라는 간판을 걸고 지금까지 살고 있는 바, 제자라는 이름에 생각을 쏟지 않았다면 거짓이거나 무언가 잘못된 삶을 의미할 것이다.
　진정으로 한 사람의 제자를 가질 수 있다면 아마도 그 선생은 행복할 것이다. 그렇다면 진정한 제자의 의미는 어디서 어디까지의 의미를 부여할 것인가라는 명제가 정리되어야 할 것이다. 무조건 공부를 가르치면 그 학생은 제자가 되는 것인가? 이 물음 또한 막연하고 진부하다. 그렇게 계산하면 나 또한 중국고사의 도척이나 공자처럼 족히 3천명은 넘을 수 있을 것이다. 그러나 이런 무모한 노릇은 비웃음을 사기에 알맞은 일이리라. 왜냐하면 숫자의 의미는 아무런 뜻도 내포할 수 없기 때문이다. 허수에서 나오는 비웃음은 진실을 버리고 살아가는 허풍선이와 다름이 없을 것이다. 바람만 잔뜩 들어있는 일은 결국 초라한 자화상을 대면하는 일에 그친다. 하기야 공자 또한 10명, 예수 12명 등을 열거하면 진실이라는 암시가 작용되는 것 같다. 진정 혹은 진실은 숫자로 환산할 수없는 일이기 때문이다. 배움을 매개로 진실 혹은 진정으로 엮어질 때 시간을 넘을 수 있는 관계가 설정되기 때문에 여기엔 나이라거나 오랜 시간을 충족 요건으로 거론할 수는 없을 것이다.

다시 말해서 사제(師弟)간이라는 사이에는 얼마의 신뢰로 설정되는 관계인가를 조건으로 한다면 이런 의미는 배움이라는 요인을 통해 서로 간에 주고받는 일이 이루어지면 자연 사제라는 말에 탄력을 받게 될 것이다. 가장 애정을 많이 들인 제자가 졸업하면 오래오래 소식 없는 일이 되는 경우를 많이 보아왔다.

시집에 해설 한 편을 써주었다는 인연으로 평생 선생님 소리를 하는 끈끈한 문인도 있고 얼마의 고료를 지불했다 해서 사무적으로 외면하는 시인도 있지만 아무래도 사람과의 관계가 글로 투영되는 바, "글은 사람이다"라는 뷔퐁의 말이 증명되는 것 같다.

대학 문예창작과는 문학을 창작하는데 집중된다. 내 직장의 마무리는 여기서 최선을 다했었다. 1년이면 1명 내지 2명 정도는 꼭 문단으로 내보냈다—아마도 10여명을 헤아리는 숫자는 작은 수가 아니지만 적막 같은 얼굴들이 떠오르고 있다. 나이가 어린 탓도 있고 능력으로 이끌고 가지 못하는 일도 있어 연락 두절이 있을 수 있을 것이지만— 문학은 어느 정도 숙성된 나이에서 인간과의 정을 회복하는 길이 만들어 지는 것 같다.

각설하고 16살 고1 소녀 때 가르친 제자의 전화가 왔다. 희곡으로 등단했다는 말이 별로 큰 반향은 아니었다. 왜냐하면 극단을 운영하고 간혹 티브에서 얼굴을 보일 때 그가 제자라는 생각을 갖고 있었지만 희곡을 쓸 것이라는 생각은 전혀 의외였다. 그가 보내준 원고는 현란한 내용이었다. 그 제자의 나이 이제 54세 그러니 36년 만에 소통되는 전화—선생일 때 나는 주로 종례시간에 좋은 말을 많이 하는 선생이었다. 아마도 인생에 대한 준비와 미래를 위해 해야 할 말을 압축하는 종례시간은 내 교육관을 심었던 소중한 시간—그 때 말했던 '공부는 인간이 되기 위한 수단'이라는 의미의 말을 전해올 때 새삼 추억이 되살아났다. 내 말이었지만 내 말이 아닌 것 같은 묘한 여운을 전달했다.

이제 진정한 제자를 만나는 시간―긴 시간의 언덕을 넘어 한 사람의 제자를 만나는 것 같은 생각을 가졌지만 이런 생각은 짧고 모자란 생각이라는 것을 금시 정리했다. 여건과 시간 그리고 정이 지속된다면 언제라도 찾아올 제자들이 있을 것이란 기대를 했기 때문이다. 다시 말해서 여건이 알맞고, 시간이 허락하고, 마음이 있다면 언제라도 나에게 배웠던 제자들이 찾아올 것이란 생각 말이다.

제자를 두는 것은 자랑을 만드는 것도 아니고 오로지 인간의 미래와 현재를 말하고 토론하는 일에 한정할 일이다. 대접을 받고 위엄을 만들기 위해 제자와 스승의 관계가 설정되는 일이 아니라 삶의 수단을 통해 성숙을 이룩한다면 된다. 자주 찾아오고 자주 만나서 선생의 흉내를 위엄으로 보이는 것이 아니라 진정한 배움의 일이 교류되면 그것으로 끝이어야 한다. 내가 제자를 만들기 위해 줄을 세우지 않고, 또 편견을 앞세우지 않고 고독을 지켜온 일은 잘한 일인 것 같다. 스스럼없이 마음속에 고여 있는 정이 싹으로 움트는 일은 조건이 성숙되면 자연스레 나타나고―이 시간은 오래 걸릴 수도 있고 또 영 만나지 못하는 경우가 될 수도 있다. 그러나 기억에 남아있는 한 사람의 스승으로 기억된다면 이 또한 행복한 일이 아닐 수 없다. 제자의 길이로 위엄을 찾는 사람들은 수없이 본다. 특히 문학의 세계에는 이런 일이 많은 편이다. 어디서 자기 강의 한 번 들었다 해서 제자로 생각하는 선생들이 많은 현상이다. 별로 알지도 못하는 문학 지식으로 편법을 만드는 일이야 말로 비문학적인 현상이라는 생각이다. 제자가 없는 고독이 오히려 추한 선생보다 선명할 것 같다는 생각이 오늘의 내 모습 같다. 그렇다. 제자가 많아야 할 이유는 없다.*

# 술을 마시며

　나는 비교적 술을 많이 마신다. 비교적이라는 말에 기준은 일정하지 않지만—가령 나이라거나 아니면 술의 양으로 따지는 편이 쉬울지 모른다. 그러나 비교적이라는 의미는 남과의 나이쯤으로 이해하면 좋은 답이 아닐까라는 생각이다. 어떻든 이제 어르신의 나이에 이르고 보니 원로라는 말이 당연하게 받아들이는 지경이 되었다. 그러니 일주일이면 두어 번은 꼭 술을 마시는 편이고 ,잎사귀 네 개짜리 소주를 좋아한다. 병장이라나……. 아마 20.1도로 측정되는 소주다. 20도 이면 20이지 하필 20.1도라는 말은 무엇을 의미하는지 모른다. 그러나 30도보다는 낮고 또 25도보다 낮은 소주는 내 취향에 맞는 술이다.

　요즘말로 하면 내가 사는 공간—도시와 시골에 거주지를 정해 왕래하면서 사는 사람을 일컬어—multi-havituation이라 말한다. 이 말의 원뜻은 유사약품을 동시에 복용하는 습관이라는 뜻—도시에서 평생을 살았던 내가 은퇴와 동시에 시골에서 살게 되었으니 아직도 도시적인 체취가 잔재로 남아있는 것을 어찌할 수없는 일로 친다. 술 마시는 일이 그렇다는 의미이다. 농주인 막걸리보다 소주가 더 내 몸의 반응에는 좋기 때문이다. 소주는 소주의 특성이 있고 막걸리는 막걸리의 특징이 있다. 아마도 어린 날에 접했던 일이나 음식은 나이가 들어도 변함이 별로 없다는 것을 증명하는 일은 이 뿐이 아니다. 시골에서 낳아 성장했지만 도시에서 거의 모든 생을 보낸 친구도 막걸리를 좋아하는 이유를 말하는 것을 보면 어린 날의 흔적은 평생을 지배하는 요인이 되는 것 같다.

각설하고 요즘 내가 만나는 사람은 자연 시골에 정착한 친구와 술을 마시는 횟수가 많아 졌다. 그 친구는 막걸리를 마시고 나는 소주를 마시는 일이 번거롭기에 내가 막걸리로 방향을 잡아 보면 그 다음날은 어김없이 취하게 된다. 처음엔 만만하게 넘어가는 막걸리 맛은 어느 선을 넘으면 취하는 깊이에는 심해를 유영하는 몽롱의 경지에 들어간다. 그러나 술을 마시면 취하는 것은 막걸리나 소주나 어느 술을 막론하고 같지만 그 이후의 반응 경지는 각기 다르다.

내가 좋아하는 소주는 다음날 오전이면 거의 멀쩡한 상태가 된다. 물론 갈증에 따라오는 술기운의 배회는 괴롭다는 말이 사실이지만 어느 시간이 지나면 소주는 맑음의 모습처럼 금시 환해진다. 그러나 막걸리는 하루 종일 은근하게 달라붙어 마치 떨어질 줄 모르는 배회가 하루 종일 간다. 알 수 없는 속내의 사람처럼—사실 시골의 모습은 그렇다. 시원스레 들어나는 모습이 아니라 은근하게 알듯 모를 듯 속내를 보이지 않는 사람—막걸리는 그렇게 정신을 혼란스레 붙잡고 놓아주지 않는 일이 하루 종일이 된다. 소주에 맥주를 믹서해서 마시는 사람—양주가 없기 때문인지는 몰라도 이도 다음 날의 기분을 망치진 않는다. 맑음과 맑음이 만나서 다시 맑음이 되는 것처럼…….

그러나 땀을 흘리면서 한 잔 마시는 농주는 허기진 배를 얼마큼 부르게 하고 또 힘겨운 일의 진행 속도를 기분 좋게 만드는 점에서는 소주와 비교가 안 될 것이다. 그러니 소주는 소주의 임무가 있고 막걸리는 그 나름의 소용에서 출발했다는 의미가 될 것 같다.

나는 정말로 술을 좋아한다. 그러나 해가 지면 술 생각에 친구를 찾아 헤매는 그런 경지는 아닐지라도 남들이 술 마시는 모양을 보면 술이 그리워지는 감염의 순서는 어김없다.

오늘은 눈이 내리는 정월 휴일이다. 내 집에서 아래쪽으로 바라보는 설경(雪景)의 깊이는 이방(異邦)을 떠도는 몽환의 경치가 열리고 있다. 멀리 뿌연 산들이 엎디어 있고, 새들은 날기를 멈추고 세상의 전부가 고요에 빨려 들어가는 정밀(靜謐)이 숨 쉬고 있다. 들리는 음악의 볼륨을 낮게 깔아 놓고 자판을 두드리는 나의 뇌수엔 그리움이 자란다. 멀리 있는 친구들이 그립고 이미 떠나간 친구들이 그립다. 이런 날은 안부를 묻고 싶고 더불어 한 잔을 나누고 싶다. 그러나 멀리 떨어진 거리의 안타까움이나 건강에 불이 켜진 사람들의 체온에 다가오는 아쉬움이 더욱 애절해진다. 하니 술을 좋아하고 또 마음껏 마실 수 있는 이 행복은 얼마나 소중한 노릇인가? 이를 염려로 말하는 아내의 근심이야 행복한 잔소리가 아닌가? 눈이 내리는 정초의 오늘은 막걸리 한 잔에 부침개로 가슴을 덮게 하고 싶다. 오늘의 맛은 소주가 아니고 막걸리에 오장을 휘돌게 하는 기운을 받고 싶은 것은—술은 기분에 따라 다른 맛을 내는 감각의 호사를 누리는 내 정서는 아직도 정정한 것이라는 위안을 하면서 슬슬 아래층으로 내려가 아내를 꼬드겨 부침개를 부탁할까? 눈은 아직도 내리고 있다.*

# 감기

　신종플루라는 말이 전 세계를 공포로 몰아넣은 이름일 것 같다. 가을부터 예고편을 보내듯 언론에서는 이로 인해 죽은 환자의 숫자에 매우 흥미 있는 사건처럼 중계를 하고 있어―공포를 가중시키는 역할을 하고 있다. 원래 언론의 속성이야 사람이 개를 물면 사건이 되고 개가 사람을 물면 별로 재미없는 일로 묵살하는 것이 속성의 특징이니 이를 탓할 이유도 없다. 그러나 일정한 사건을 계속 중계하다보면 거기에 깊이 빠지는 심리에는 불안과 친근이라는 구분이 생기게 된다.

　어린 날, 봄에 감기가 지나면 친구들이 하늘로 날아간 일이 한 둘이 아니었다. 그러나 언론의 역할이 미미했던 터라 그런 관심의 증가는 별로 없었던 잔상의 기억이다. 인구가 폭발한 오늘의 비례로 따지면 과거와는 달리 생명 연장이 실제로 이루어지고 있다. 그러나 공포의 증가는 과거와 비교할 수 없을 정도로 거대한 몸체로 다가오고 있다. 비교의 비례와 반비례의 관계는 확실히 다를지라도 작금에 언론의 시시콜콜은 지나치게 여과 없는 선정과 선동의 예가 다분하다. 문제는 중심이 없는 기준(基準)에 끌려 다니는 사회의 단면을 탓하고 싶다. 악명(notorious)이 유명(famous)을 이기는 현상이 여기서도 작동되고 있기 때문이다. 마스크를 쓰고 외출하기 혹은 손을 씻기의 빈번함―심지어

만 3살이 안된 손녀조차 외출 뒤에 돌아오면 으레 손 씻으라는 지시가 떨어지니 그 파급의 여파가 얼마나 무서운가 말이다. 가는 곳마다 자동 열감지기 혹은 세정제의 준비 또는 열만 나면 병원으로 진찰을 받는 일 등은 언론이 계몽한 훌륭한 업적일 시 분명하다. 그러나 지나치게 호들갑은 금시 망각을 재촉하는 일이 우리 사회에 얼마나 만연한가를 돌아보면 어지럼증이 발동된다. 깊은 겨울 섣달이 되자 돼지 인플루엔자 소식은 뜸하다. 언제 그런 일이 있었는가를 되돌아 볼 만큼 태평하고 한가하다.

그런데 내가 감기에 걸렸다. 기침과 콧물이 번갈아 재채기를 유발했고, 기분이 무거운 날이 정히 3일을 엄습했다. 물론 섣달 빈번한 만남으로 술을 자주했고, 때문에 건강의 신호는 정상이 아니었을 것이다.

아프면 건강을 생각하는 마음이 절실해진다는 것은 누구에게나 같은 심정일 것이다. 돌아가신 어머니가 생각나고 그리고 아버지를 부르고 심지어 안계신 형까지 부르지만 아픔을 삭여줄 비방은 안 된다. 다만 눈앞에 아내의 정성이 있을 뿐이다. 조갈이 나면 따뜻한 물을 혹은 무얼 먹어야 좋을까를 묻는 마음에는 약보다도 더 깊은 마음이 다가온다.

조강지처라는 말이 적용되어서 만은 아니다. 시련을 함께한 사람과의 사이에서는 언제나 신뢰의 강물이 흐른다. 고통은 인간을 인간으로 만들고 이해(利害)는 인간을 파탄으로 몰아가는 일라면 함께 산 아내와의 사이에는 깊은 강물이 따스하게 흐른다.

높은 열이 오르고 이 생각 저 생각이 모락거릴 때, 나를 바라보는 마음이 한층 깊어진다. 병이 들었을 때 비로소 사람이 되는 일이라면 나 또한 그런 사람이 되었다. 비록 누구나 걸리는 감기에 걸리고 후회를 앞세우는 일이고 보면 평소에 나의 일상은 초라한 변명을 몰고 다니는 인간일 것이다.

오늘은 강의를 하는 날이다. 문학을 배우겠다는 후배들과 월요일이면 만나는 모임이지만 끝나면 자연스레 점심을 먹고 헤어지는 일이 빈번하다. 어제만 해도 월요일에 강의를 할 수 있을까를 고민하는 아침, 정작 프로 정신은 여전히 살아있는 걸까? 무사히 정해진 시간을 마치자 점심 먹자는 말이 다가온다.

오늘은 아내와 점심을 먹을 터이니 나중에 약속하자는 말이 나오자 박수를 친다. 물론 무의식중에 나온 박수의 의미를 모를 까닭이 없다. 그러나 "아내와 함께 하겠다"는 말이 감동을 준 것이라면 내가 선택한 일은 매우 가상한 일이 된다. 비록 점심 한 끼니지만 그것이 생의 동반자와 나누는 이승의 따뜻한 식사라면 이 선택은 박수를 받기에 충분할 것이다.

내가 불편했을 때 남의 경우를 생각하는 마음 그리고 나의 마음을 남에게 따스함으로 전달해주는 여유의 마음을 갖는다는 것은 작지만 의미 있는 행동이라면 나는 감기라는 곡절을 겪고 난 이후에 비로소 삶의 길을 유추하는 어리석음이 되었다. 비록 70여 생의 고비를 지나오면서 배움을 터득하는 길은 정히 나이와는 상관이 없다는 것을 깨달았을 때, 허무가 길을 넓히고 있었다. 짧은 겨울 해가 장엄하게 기우는 모습이 더없이 장관이다.*

# 집 짓 기

1. 우리나라 아파트 값은 가히 세계에서 가장 고가의 행진을 진행하는 대상—주거현상일지 모른다. 작은 아파트가 억 억의 행진으로도 모자라 억에 동그라미가 더 첨가되는 일로 서릿발 같은 정부조차도 그 높이를 붙잡지 못해 세금 폭탄 투하 등의 용어로 협박을 가해도 풀어내지 못하는 고등수학이 된지 오래고—국가의 지난(至難)한 숙제로 돌아선지 오래다. 그 이유야 한두 가지가 아니겠지만 좋은 장소, 좋은 여건에서 살아가려는 동물적인 마음에서 이런 현상을 재촉하지 않았을까? 때문에 억압하고 제한하면 할수록 그 쟁취 욕망을 더욱 기승을 부릴 일이지만 이를 해결하는 일은 결국 위정자들의 현명한 머리에서 처리하기 어려운 오랜 숙제가 되었다.

한 집에서 평생을 살아가는 사람은 없을 것이다. 옮기고 이동하는 일이 일정한 주기로 진행된다. 나는 10년이면 대개 새로운 거처를 마련하고 이사를 했다.

인간은 어딘가 변화를 꿈꾸고 새로운 곳을 찾아 헤매는 방랑의 속성을 갖고 있다. 이 같은 심리적인 특성은 삶의 변화를 유도하려는 발상일 뿐만 아니라 고정된 틀을 벗어나려는 이동성의 동물적인 현상과 같을 것이다. 그렇다면 동물의 특성은 일정하게 은거지를 갖고 먹이를 찾아 헤매다가도 해가지면 거처를 찾아 돌아오는 속성이 반복된다. 하물며 집에서 기르는 닭들도 아침에 문을 열어주면 마음 놓고 주변을 돌아다니다가도 해가 뉘엿거리면 어김없이 자기 집을 찾아 높은 횃대로 올라가는 일을 반복한다. 이는 자기 방어의 일면도 있지만 결국 자기의 거처를 마련하는 일은 생의 본능이지만, 이와는 달리 인간은 사치의 옷을 입고 있기 때문에 치장하고 과시하는 집으로 변모되었을 것이다.


2. 집짓기 밥 짓기라던가? 요즘이사 전기밥솥이 알아서 밥을 짓는 시절이지만 알아서 가늠하고 경험으로 밥을 짓던 시절엔 밥 짓는 일이 예사 일이 아니라는 뜻일 게다. 평생을 도시에서 복달거리다 시골에 집을 지었다. 그것도 무려 15달을 30 후반의 젊은이 혼자 집을 지었다. 나는 이 젊은이의 모습을 보고 나 스스로를 반성하는 일면 집의 새로운 의미를 갖게 되었다. 뚝딱 대충 집을 짓는 일을 많이 보아온 터라 시일이 지날수록 나의 마음은 안타까움과 초조가 자리 잡은 것도 사실이지만 이 젊은이의 인내와 끈기 앞에 항상 무기력한 나를 발견하는 일이 모두였다. 왜냐하면 이 젊은이의 하는 일은 모두 틀림이 없는 사리를 발견하는 일은 나의 초조가 따라갈 수 없었기 때문이다. 그러니까 내가 집을 짓는 시일은 봄, 여름, 가을과 추운 겨울을 지나 또 하나의 봄을 지나고서야 준공의 팻말을 바라 볼 수 있었기 때문이다.

100년 간다는 아파트를 20년이 못되어 헐고 부수고 그리고 다시 짓는다는 일이 비일비재한 우리의 모습에서 서글픈 조급증문화의 단면이 되었지만 재산증식의 욕망이 지배하는 일을 비난 할 수도 없는 일이리라.

집은 3개의 박자가 맞아야 비로소 집이 되는 순서가 되는 것 같다.

첫째는 설계요 둘째는 시공이다. 여기에 건축주의 의도가 어떻게 앞의 두 사람에게 협조하는가의 여부에 따라서 첫째와 둘째의 사람에게 만족도의 건물이 되는가의 여부가 결정되는 것 같다. 아무리 좋은 설계도를 갖고 있더라도 시공자가 부실재료를 써서 대충대충의 시공이 된다면 결국 초라한 건물일 뿐 안식처라는 개념은 초라한 이야기에 머물 뿐이다.

젊은 시공자는 무려 5계절 동안 못을 손수 박고, 치수를 계산하고의 일을 반복하고 있었던 그 청년의 끈기는 무서웠다. 건축주야 빨리 완공하고 싶은 마음이 있기 마련이지만, 그는 이런 마음을 아랑곳하지 않고 한 땀 한 땀을 바느질하듯 빈틈이 없었고 이로 하여 시간은 바퀴를 돌리고 있었지만 전혀 개의치 않는 모습은 결국 예술을 이루어 내는 모습처럼 보였다.

진정한 예술품은 끈기와 혼이 들어갈 때 완성된다는 이치를 이 젊은 이는 언제 터득했을까? 눈 가리고 빨리 가는 일이 항다반사인 시속(時俗) 앞에 무관심한 청년을 만난다는 일은 점차 흥미로운 나의 관심사가 되었다. 하여 시간이 지날수록 그와 나의 대화는 점차 만나는 일이 즐거움의 시간으로 바뀌었다. 심지어 나무를 늘여서 쓰는 그의 근검함은 반쯤 쓰다버리는 사람들을 많이 보아온 나로서는 당연한일이지만 신기함이었고 경외스러운—달관된 사람을 바라보는 시간이었다.

집은 그냥 주거의 공간이 아니라 예술로 바라보는 것은 그런 안목이 있을 때, 비로소 그 이름을 갖게 된다. 더구나 환가(換價)적인 축재의 수단으로 생각하면서 모형을 찍어내는 판도에서 볼 때는 얼마나 부질없는 일이 될 까만은, 이 젊은이는 전혀 그런 것과는 상관이 없는 태도로 집을 짓고 있었다. 더구나 자기의 노임을 따진다면 더더구나 어리석은 청년일 수밖에 없다. 또한 예술적인 안목이 꼭 집주인에게 편리함을 주는 것이 아닐 때 설계자와 시공자의 노력은 무슨 의미를 가질 것인가. 결국 세 사람의 조화는 자연을 바라보는 혹은 집이 예술이 된다는 깨우침으로 다가올 때, 집은 의미를 갖는 것 같다. 지금도 아들 같은 이종관을 생각하면 즐거워진다.*

# 자식

생명체는 죽는다. 그리고 죽음을 넘기 위해 모든 존재는 시간을 넘어가는 길을 만들려 필사의 노력을 경주한다. 그러나 그 방법이 없음을 알고는 번식을 위한 길을 선택한다. 이런 논리는 아마도 존재의 길을 확보하는 방편일지라도 생명체의 근본을 뜻할 것이다. 다시 말해서 창조의 섭리는 음과 양 혹은 남자와 여자라는 존재를 결합하여 또 다른 생명으로 이어지는 길을 가게 된다. 이 조건은 어떤 존재에게도 차별이 없이 공평하게 시간을 허락한다. 바람에 의해 존재의 길을 넓히는 초목들이 있는가하면 발정(發情)난 자기를 알리기 위해 교묘한 소리 혹은 냄새 또는 들판의 풀이나 나무들조차 존재의 영역을 확대하기위해 치열한 영토전쟁이 이어진다. 물론 존재의 특성에 따라 영역을 넓히는 방법은 기묘하기까지 하다. 인간의 눈에 보이는 대상에서 보이지 않는 미물에 이르기까지 자기존재의 확산을 위한 길은 다양하다. 어떻든 모든 생명체는 자기를 이어가는 생명연장의 방법을 필연적으로 선택한다. 물론 이 모든 물상들에게는 그들만의 언어가 있어 상대를 찾아나서는 방법이 따로 있을 것이다.

자식—사람이 살아가면서 자식의 필요성을 거론하는 일은 어리석은 일이다. 왜냐하면 섭리에서 벗어난 일이 될 것이기 때문이다.

자식이 있다는 것은 섭리를 따르는 일이기 때문에 자식으로 인한 고통조차도 순명으로 받아들이는 일은 당연한 일이다. 그렇다고 혼자 산다 해서 인생의 문제가 없는 것이 아니고 오히려 단조함에 빠질 공산이 크다. 흔히 무자식이 상팔자라는 말에 현혹되는 일이나 아니면 자식 키우는 일—교육에 헌신하고 또 결혼시키기 등등 모든 일들은 연계되어 가족구성원을 형성하지만 여기서 나오는 고통은 다양하게 파생되어 온다. 그러나 이런 문제가 있다 해서 무자식의 경우가 더 행복하냐하면 그건 아니다. 자식에서 오는 기쁨을 알지 못하는 사람은 오히려 인간의 맛을 모르는 일이기 때문이다.

어린애와 함께 있으면 낙원이 다른 곳이 아니다. 천진무구한 말들에 빠지면 언어의 소통이 아니 될 리 없고, 아이들의 놀이에서는 어른의 모든 모형이 들어있기 때문에 시간이 사라지는 즐거움도 있다. 상상력의 진원이 아이들의 모습에서 발견될 수 있기에 천진함이 주는 영감은 화려하다.

나는 자식들을 모두 키웠다. 저마다 솔가(率家)를 했고 어렵다는 세상을 무난히 헤쳐 나갈 길들을 모두 확보하여 저마다의 길로 나아가고 있다.

나는 자식 키우기에 성공했다는 말을 많이 듣는다. 아마도 누구나 부러워하는 학교를 아이들의 힘으로 확보했고, 또 직업 또한 그런 평가를 들어도 틀림이 없기 때문이다. 더불어 뜻대로 결혼을 했고, 모든 일이 여의(如意)하다는데 동감할 수 있음을 감사한다. 부족함이 없고 또 넘침도 없는 만족을 가졌다는 것은 확실히 행복이라는 상표에 어울릴 것이다. 그러나 안으로 들어가면 왜 고통이 없겠는가. 고해(苦海)라는 말에 인간의 삶은 이미 렛델을 붙였기 때문이다. 태어남 그 자체가 이미 고통의 업보로 살기 마련인 것에 더 다른 말을 첨가하는 일은 췌사(贅辭)라는 점이다. 다만 주는 것에 감사하고 다시 삶을 이어가는 시간에 감사하다보면 행과 불행 혹은 기쁨과 슬픔이 교직(交織)하는 일상이면 된다. 고통은 알아야 고통의 반대쪽에 있는 기쁨도 알게 되는 이치를 알면 그 생애의 시간은 의미가 깊어 질 것이다. 한 쪽만을 편벽되게 생각하면 다른 한 쪽을 잃어버리는 일엔 얼마나 단조한 무미가 있을 것인가? 때문에 기쁨에서 고통의 진면목을 보고 행복에서 불행의 그늘을 감지할 줄 알면 그 사람의 일생은 맛을 간직한 것이 될 것이다. 삶의 주기는 항상 변하고 그 변하는 도중에 깨달음의 깊이가 있어야 한다. 변하는 것이 자연의 이치이고 그 변화 속에서 언젠가 중심에서 물러나는 길이 있음을 아는 일이야 말로 뜻 깊은 것이다. 자식을 키우되 사육하지 말아야하고 사육하지 않되 내 것이라는 소유가 아님을 아는 부모가 되는 일이 중요하다. 때로는 구속의 그물도 있어야 하지만 그 그물은 성긴 바람이 소통해야하고 또 너무 성긴 그물이 아닌 적당함을 유지하는 일이야 말로 자식 키우는 기교일 것이다. 그러나 너무 자유를 부여하면 방종의 염려가 자라고, 방종을 너무 제한하면 자유정신을 일탈하게 된다. 균형이라는 저울이 필요하지만 너무 저울질하면 개성이 없는 자식이 될 때, 세상을 건너가는 길을 찾지 못하는 방황이 남게 된다. 때문에 자식을 키우는 일이야 말로 정답이 없는 행운 찾기라는 말로 정리하면 황당한 말장난인 것 같다. 그러나 나는 로또 행운을 잡은 사람이라는 데는 완전히 동의한다. 자식들아 고맙다. 그러나 때로 외롭다.*

제3부

문학병

# 한국문학의 집 지 기

　한국문학은 100여 년의 시간을 보내면서 많은 발전을 이룬 것도 사실이지만 답보와 정체의 늪을 벗어나지 못한 멍에 또한 간과할 수없는 문제일 것이다. 그 첫 째의 짐은 이데올로기에 나포된 현상이 떠날 줄 모른다는 사실이다. 최초의 원인은 일제 치하라는 특수상황을 견디면서 나타난 현상이다. 다시 말해서 외세의 문제가 다가올 때 스스로 극복할 수 있는 자생적인 에너지를 갖지 못하고 외부의 영향에 둔감하게 좌초되거나 동화 또는 저항의 종류로 나타났다. 일제의 엄혹한 정신의 탄압은 친일로 명철보신하는 그룹과 이와는 반대로 민족의 자존을 유지하기 위한 세력은 기실 미미했지만 민족의 정통을 이어받은 것은 사실이다. 거개의 작가들이 일제치하에 침묵하거나 아니면 동조의 필력을 유지했을 때, 궁극적으로는 일치 하에 민족의 정신을 둘로 쪼개는 기회를 갖게 되었다. 이육사나 한용운을 제외하면 거의 모든 작가들은 자존의 정신을 유지하지 못하고 침묵의 대열에 끌려가는 존재물로 전락했다면 일제치하의 통치술은 성공적인 결과로 기록 될 것 같다.이런 현상은 36년 동안의 어둠에서 얻어진 소산으로 치부할 수도 있지만 유사 이래 강대국−중국의 거대한 벽 앞에 항상 자존의 명패를 걸고 당당한 자세를 갖기엔 여건이 미흡했음은 주지의 사실이다. 이런 현상은 우리의 언어 습관에도 들어있고—주어가 둘이거나 생략해도 뜻이 통하는 현상이거나 문장 사용에 부사나 형용사의 수식사가 많다는 것도 오랜 생활의 습관이 빚어놓은 유산일 것이다. 항상 강대국의 간섭이나 침략에 운명을 걸고 살아야 하는 일은 고려 때에 오면 자심했고—고려가요의 <가시리>나 정지상의 <송인> 등 이별 많은 주제 또한 증거가 될 것이다. 이 같은 정신의 흐름은 이조 5백년에도 별반 다름이 없는 현상유지였다. 여지없이 패퇴한 임진년의 왜란은 민초들에게는 좌절의 심화였으니, 믿었던 양반의 무능을 노중한 증거가 되었고 이로인해 문학의 기존 질서—엄격성이 무너지면서 산문의 시대를 열게 되는 일이 나타났다. 임진왜란이후 서민의 자각은 문학의 질서에 대단한 변화를 가져왔다면 한국문학사에 이 사건은 최초의 문학적인 변화를 나타내는 일단의 변화인 셈이다. 그러나 역동적인 이론의 계발이나 문학의 독특성을 나타내는 정신의 응결은 결국 외국문학의 흉내 내지는 위축되는 표현에 머물 수밖에 없었다. 그만큼 중국문화의 영향이 지배층의 정신 속에 지대한 족쇄였던 셈이다.

한국문학을 일별하는 데 강대국의 벽을 극복하는 자존의 시대는 거의 없다라는 단안은 지금도 유효하다. 물론 시조의 독특성은 기실 대단한 예외의 경우로 치부할 수 있지만 이는 가락의 위주에서 일종의 놀이에서 파생된 시문학이라면 과히 틀리는 답안은 아닐 것 같다.

일제 강점기에 나타난 이른바 이념의 문학—KAPF의 경우는 절름발이 문학이었다. 일제를 극복하기보다는 오히려 이념의 수용을 어떻게 정치적인 하위 개념으로 유지하는가에 중심이 있었기 때문이다. 때문에 이 시대 10여년의 문학적인 소산이 빈약한 결말로 치부되었기 때문이다. 이른바 공산이념은 일제치하에 우리에겐 독립과 자존의 명분이 있었다. 왜냐하면 당시에 공산주의는 일본의 제국주의와는 상통할 수 없는 식민지였던 우리에겐 구원의 메시지였기 때문이다. 왜냐하면 공산-국유화해서 같이 노동을 투자해서 소득을 균등하게 배분하는 이론은 수탈당한 일제하의 우리에겐 복음이었고-당신의 독립운동가나 지식인은 공산주의 사상에 호감을 갖지 않았다면 그는 저능아였다. 이런 생각이 1945년 해방을 지나 1948년 남북정부수립으로 사실상 토착 공산주의의 이름은 변질된다. 즉 1948년 이후 김일성식 공산주의(New communism)는 오늘의 북한의 맹목, 교조주의, 일당독재의 세습 등 어둠과 암흑의 인권유린의 땅을 만들게 되었다. 1950년 한국전쟁으로 남한의 문인의 경우 정지용, 이광수, 이태준 등 지도적인 문인들이 북으로 올라갔지만 김일성의 덫에 걸려 모조리 숙청되거나 붓을 꺾는 비극에 직면하게 된다. 이런 명백한 현상은 때로 왜곡의 이념에 나포되면서 정치적인 불만과 어울려 두 가지의 이념에 지배당하게 된다. 진보를 표방하는 측면은 북한의 문학에 동조하는가 하면 보수 쪽의 문학은 무기력한 태도로 일관하는 양상으로 분기한다. 다시 말해서 1960년대 박정희가 무력집권의 결과 사회적인 불합리-정치적인 탄압에 항거하는 당위성을 띠면서 남한 문학의 전면을 포진하면서 이념의 확산에 주력하게 되지만 그 결과물인 문학적 가치의 생산은 보잘 것 없는 성적표를 갖게 된다. 김지하는 대표 주자였다. 이어 아류의 문인들이 문학시장을 장악했지만 정화 혹은 중심이 없는 지리멸렬의 양상으로 나타났다.

한국현대문학 100년사에서 민중문학의 해독은 일과성이 아니라 지대한 영향을 끼친 왜곡의 대표적 사례가 될 것이다. 왜냐하면 문학의 발전이나 진보가 아니라 문학의 왜곡이 문학의 진전에는 하등에 공헌이 없었고 오로지 이념에 빠진 너울만이 모두였기 때문이다. 다시 말해서 카프의 영향보다 오히려 이념의 나포현상이 심화되었고, 평가의 왜곡이 자심했었을 뿐만 아니라 일과성을 명멸했던 이름들이 현란했기 때문이다. 아마도 <창비>는 이런 중심이었음을 부인할 수 없을 것 같다. 여기엔 좌파정권 10년의 영향이 지대했다는 점에서 정치적인 영향이 문학의 발전에 저해의 요인이었음을 부인하기 어려울 것 같다. 그러나 이명박 정권의 등장은 이와 구획을 다소 할 것 같다. 물론 집권 2년차는 전정권의 인물들이 여전히 요소요소에 포진함으로 인해 여전히 저항적인 기류가 있지만 이내 물갈이의 수순으로 들어갈 것 같다. 그러나 실용적인 중도라는 미명으로 여전히 불분명한 모호성을 띤 이명박의 문화정책—문제는 문학의 중심을 장악하는 세력이 지리멸렬하다는 점에서 다소의 우려가 불식되었지만, 언젠가 다시 좌파의 문학이 득세할 기회를 가질 수 있기 때문에 나는 자복(雌伏)기라는 말로 민중문학의 세력을 정리한다. 왜냐하면 이미 단맛을 본 경험은 과거회귀의 일념을 불태우기 때문이다. 이는 한국문학의 짐이면서 이를 개척하는 데서 문학의 새로운 지평을 확보하는 계기도 될 수 있을 것이다. 지금은 문학의 정체기라는 말이 유효할 것 같다. 물론 80년대 이후 좌파식 맛을 본 젊은이들이 문화전반에 포진한 그룹이 여전히 맹위를 떨치고 있는 현상은 앞으로 시대변화의 기폭제가 될 수 있는 예상이 명백하다. 경제계를 빼고 법관에서부터 교사, 교수 등 막강한 오피니언 리더 세력이 여전히 향수(鄕愁)의 시선을 고정하고 있기 때문이다. 이런 면에서 보수적인 문화그룹은 무기력, 무능력의 표본처럼 정신의 중심축이 없다는 데 이르면 모골이 송연해진다. 기실 경제적인 도약은 좌파를 방어하는 가장 뚜렷한 대안일 뿐, 다른 문화 쪽에서는 오합지졸의 무표정, 무신경의 한국 사회의 정신 현상이다.*

# 책

　책이라는 말에는 누구나 할 말이 많을 것이다. '책을 많이 읽어라'는 말에서는 지식의 귀중함을 강조하는 뜻이 숨어있고 또 책을 읽음으로써 지혜로운 인간이 된다는 강조에서는 인간 가치의 문제가 드러난다. 어떻든 태어나서부터 책을 통한 인간 교육은 장구한 역사를 전달하는 통로의 임무를 수행했다.

　물론 책은 과거와의 소통을 이어주는 길이 열리는 통로이면서 이를 통해 미래로 가는 길을 찾을 수 있다는 점에서 지혜의 축적을 한꺼번에 획득하는 가치를 갖는다. 그러나 책을 너무 신뢰하면 책이 없는 것만 같다라는 맹자(孟子) 진심하편(盡心下篇)에는 "盡信書則　不如無書"라는 말로 책에 너무 믿음을 주는 것에 대한 경계로 삼고 있다. 이런 경우 자기의 주관이 타인의 말을 받아들이는 기준이 되어야 함을 의미한다면, 책을 가려서 읽을 때 비로소 참된 독서의 깊이에 빠질 수 있음을 의미한다. 왜냐하면 책을 쓰는 사람이라 해서 모두가 옳은 견해만을 가진 것이 아닌 경우가 허다하기 때문에 자기의 판단과 주관을 정립한 뒤에 비로소 타인의 견해에 접근해야만 옳고 정당한 판별이 가능하다는 맹자의 의도는 전적으로 옳은 말이다. 예를 들면 종교적 맹신에 빠지는 결과는 무지의 벌판을 헤매는 꼴이 되는 이치와 같고, '육체에 대한 독약과 두뇌에 대한 독약의 차이는 다음과 같다. 육체에 대한 독약은 태반이 맛이 불쾌한 것이지만, 두뇌에 대한 독약은 곧잘 매혹적이며 매혹적일수록 그것을 사악(邪惡)한 것이다'는 톨스토이의 지적은 건전한 책을 찾아 읽어야하는 강조 일 것이다. 때문에 '독서는 다만 자기의 사상의 원천이 고갈되었을 때에만 할 것이다.이 고갈은 가장 지혜 있는 사람들에게 있어서도 흔히 일어나는 일이다. 그러나 서적으로 인하여 자기 자신의 굳어지지 않은 사상을 잃어버리는 수가 있다. 그것은 정신에 대하여 죄를 범하는 것을 의미하는 것이다'의 쇼펜하우어의 말에서도 무조건 책을 잃어야 하는 문제 앞에 생각을 다듬게 한다.

나는 유종원의 표현으로 汗牛充棟을 꿈꾸면서 젊은 날을 살아왔다. 이른바 수레에 실으면 소가 땀을 흘리고, 집안에 쌓으면 대들보까지 찰 정도의 책—글을 쓰고 읽는 직업인 사람에게서 책을 많이 갖고 싶어 하는 것은 인지상정일 것이다. 그러나 쌓아놓은 책 모두를 독파하기 위해 책을 갖는 것이 아니라—일종의 욕심일 것이니 이런 욕심은 부동산을 많이 소유하려는 일과 유사하겠지만 본질에서는 차이가 있다. 부동산은 축재를 목적으로 하지만 책은 정신의 윤택을 위하여 라는 점에서 구분되어야 할 것이다.

등신대(等身大)의 저서를 갖는 사람을 보면 부럽다. 나 또한 늦게 시작한 문학의 행보가 이제 나이 저물어가는 지점에서 돌아보면 무엇을 쓰고 무엇을 말했는지 어지럼증이 다가온다. 기실 내가 첫 저서인 시집을 출간할 때만 해도 내 평생에 20여 권만을 쓰면 될 것이라는 목표를 갖고 있었다. 그러나 이제 40여 권의 저서를 출간하고 나니 욕심은 더 멀어진다. 그러나 책을 발간하는 일이 이젠 회의에 빠지는 것도 사실이다. 무슨 가치를 갖는 가에 대한 의문이 꼬리를 물기 때문이다. 내 책을 읽고 감동의 물살을 만들었다는 말을 들어보지 못했고 내 글이 매우 잘 쓰는 글이라는 칭찬 또한 들어 본 적이 없는, 마치 간장병 마개를 양산하는 일이 아닌가를 걱정하는 일이 많아졌다.

가속도라는 말이 편리하다. 처음 책을 발간할 때마다 신열을 쏟아부은 아픔이 있었지만 책의 부피가 쌓일수록 그런 고통에 대한 통증은 없어졌고, 해마다 두어 권의 책을 출간하는 일상이 되었을 때 무감각의 세포가 왕성하게 무지로 돌아선다.

심지어 우리 집 아이들조차 아버지의 책 발간에 대해 무관심이 자심하다. 모두 공부하는 일상이 직업이 되었지만 아버지의 저서를 보관한 자식은 한명도 없다는 일에 이르면 내 책으로 독자에 대한 감동을 생각하는 일에 이르면 유치하기 그지없는 소망이 된다. 심지어 문학을 하는 딸도 그렇고 교수를 하는 아들도 그렇고 법을 하는 아들도 그렇다. 이러니 사위 그리고 며느리에 이르면 내 부끄러움은 가히 무게를 가늠하지 못하는 어리석음이다. 책을 쓰고 강연을 다니는 아버지는 직업일 뿐, 존경도 흠모도 아닌 다만 고집 센 노인의 모습에 불과하다. 이에 이르면 서글픔이 사실이지만 내가 자식을 위해 글을 쓰고 책을 상재(上梓)한 것이 아니고 오로지 내 정신의 쇄락(灑落)을 위해 쓰고, 쓰면서 살아왔던 내 삶의 전부였다는 데 위로의 말을 찾는다. 나는 지금도 독자를 의식하고 글을 쓰는 모습이 아니다. 다만 나를 위해서 글을 쓰고 정리하기 때문에 때로는 독선의 늪에 허우적이기도 하고 오만의 외길을 가는 고독도 모두 내 것이 되는 아픔일 때 내가 오히려 살아있음을 감지하는 수단일 뿐이다. 오늘도 오로지 글을 쓰는 일에 내 삶의 기쁨이 있을 뿐이다.*

# 시인으로 살기

내가 학생들에게 가장 강조한 말은 무엇이었을까? 이제 돌아보니 무엇으로 강의를 했는지 되돌아보는 일이 많아졌다. 이는 돌아보는 길이 추억이라는 이름이어서가 아니라 회고의 길목에서 내 삶의 가치를 점검하고 싶은 이유일 것이다.

나는 시를 가르치면서 가장 강조한 것이 정신의 문제였다. 다시 말해서 정신의 중심을 갖고 사는가 아니면 흔들리면서 살아가는가의 여부에 따라 시의 얼굴이 달라진다고 늘상 말했었다. 그 예가 독립운동가에 시인은 있지만 소설가는 없다라는 말을 했었다.

세상을 리얼리티로 바라보는 사람의 눈과 가슴 그리고 이상(理想) 혹은 바른 길을 생각하면서 살아가는 사람의 길은 다를 수밖에 없을 것이다. 나는 이 비유를 적절하다고는 말할 수 없지만 어느 정도는 타당한 이유를 내장했다고 생각한다. 인간의 학습은 보는 것 그리고 듣는 것에 대한 반복이 정신을 이루는 요소로 작동하기 때문이다. 사물에 실상만을 바라보는 연습은 사물 그 자체의 표현미에 머물게 되지만 이상의 눈으로 사물을 바라보면 사물 또한 물활적인 모습으로 살아나는 이치가 되기 때문이다.

가령 세미나 등의 문인모임에 가서 술을 마시면 장르에 따라 성격이 달라지는 것을 금시 깨닫게 된다. 시인과 소설가 그리고 희곡작가나 수필가 등과 어울리면 단연 압도하는 분위기는 소설가들의 입담에 시인들은 입을 다물고 듣고만 있게 된다. 이런 현상은 수필가나 희곡작가 시인과는 닮아지고 소설가는 단연 따로 자리가 설정되는—모습을 볼 것이다. 이런 현상은 아무래도 추구하는 속성의 문제로 가릴 수 있을 것 같다.

시인은 정신으로 살고 정신으로 삶의 꿈과 이상을 추구하는 점에서 유다르다. 때문에 현실을 분석하는 것이 아니라 하나로 통합하여 바라보는 종합의 시선을 갖고 곧은 길을 만들려 노력한다. 길이 아닌 데서 오는 거부감은 속인이 느낄 수없는 지경의 높은 가치를 위해 신명을 바치는 일이 될 때, 독립운동—이 가치는 가장 지고(至高)한 집단에 삶의 목표치가 될 것이지만 이를 실현하는 길은 멀고 아득할 수밖에 없을 것이다. 이는 매사의 가치가 고귀함을 유지하려는 발상으로 그 삶의 이유를 삼기 때문에 때로는 비현실적인 인간으로 비출 수도 있다. 우리는 한용운에게서 이육사에게서는 그런 기개를 감지할 수 있는 것은 그들의 시가 사심(邪心)없는 진실에 바탕을 두고 있음이다.

이런 이유로 시는 사무사(思無邪)라는 공자의 지적은 삶의 가치와 진정성은 다름이 아니라는 말로도 들리는 대목이다. 위장하고 변하고 꾸미는 생이 아닐 때 비로소 감동은 누선을 자극하는 길을 만들 수 있기 때문에 시인의 삶은 고달프고 가난함에 쉽게 길들어지는 비논리의 함정에 빠지는 경우가 될 수도 있다. 다시 말해서 논리적으로 현실을 풀어나가는 것이 아니라 이상적인 가치에 함몰하기 때문에 자기를 방기(放棄)하고 흔들리는 뱃전에 멀미를 앓아가는 일상을 유지하는 시인의 길이 대부분이라는 점이다.

문인들의 만남은 순수하지만 장르별로 사람을 섞어 놓는다 해도 금시 개성을 나타내는 모습은 결국 생활의 속성이 그대로 나타나는 감별법이 된다. 그러나 비현실적인 성격이 시인의 속성이라 해도 마음은 오만하고 겉으로는 부드러운 태도를 견지할 때 좋을 것 같다.

내가 사교적인 것 같지만 매우 비사교적인 성격이다. 그러나 사람을 만나는 일을 즐기는 일―내 돈을 써가면서 즐거움을 갖는 일이 이젠 허무해지는 것도 사실이다.

사람과의 만남이 갈수록 피곤해지는 것을 느끼는 즈음에 내 삶은 점차 좁아지는 인상을 피할 수 없는 이유에서이다. 내가 시를 쓰고 비평을 하면서 느끼는 글 쓰는 사람의 인상은 천편일률은 아니다. 그러나 대체로 소설가에서는 느끼는 감성과 시인에서 느끼는 인상이 다르다는 것은 확고한 느낌이다. 그렇다고 호불호를 말하기는 더욱 아니다. 직업에 대해서 그 삶의 인격과 정체성 그리고 인품의 형성까지도 개념에 따라 같아진다는 이치를 말하고 싶은 이유에서이다. 시인은 그 만의 독특한 정신의 성(城)을 가질 때 그가 쓴 시는 곧 개성의 깃발을 날리는 것과 같아진다는 논리이다.

그렇다면 나는 무슨 정신으로 오늘까지 살아왔고 살고 있고 또 살아갈 것인가? 이 평범한 문제는 아직도 풀어내지 못하는 숙제라는 이유로 오늘도 무거운 나이를 이끌고 하루를 헤매고 있다. 다만 시의 신을 날마다 부르면서……..*

# 시 쓰는 습관

이사를 다니다보면 인연을 만들고 추억을 생산하는 일이 생긴다. 처음 결혼했던 만리동—최만리가 살았던 곳—처음 결혼이라는 출발과 이내 아이들을 낳아 키우는 젊은 날의 추억이 분주했다. 이때 아내와 나는 맞벌이 부부로 부모와 함께 사는 일이었고 가급적이면 집을 갖고 평수를 늘리는 일로 세월이 어떻게 지나갔는지 바쁜 나날이었다. 학교에 들어가면 가급적 이사를 하지 않고 사는 일을 원칙으로 했고 교육을 위해 텔레비전을 '사지 않고', '보지 않고'의 기준을 지키느라 고집스런 생활의 시절이었다.

이어 청파동으로의 이사는 아이들에 가장 적합한 동네였던 것 같다. 대문 앞 경사면에서 눈이 오면 스키장의 추억을 가졌고, 온통 붉은 장미가 5월을 화려하게 만든 집이었으니 골목에서 까만 얼굴이 될 때까지 놀이에 열중했던 새미의 모습이 탱탱한 갈래머리의 아이였다. 나는 여기서 남산을 바라보는 8평 크기의 2층 서재를 갖고 있었다. 시인이 되기 시작한 분위기가 멀리 남산을 바라보는 조망이 시원했던, 돌아보면 환경이 나의 시심(詩心)을 일구는 요소가 되었다는 생각이 들기도 한다. 나의 첫 시집은 이런 풍경을 바탕으로 했지만 나의 삶은 곤고하고 시련 많은 때를 시의 나무 곁에서 서성이는 시절이었다.

가장 많은 글을 쓴 시절은 남현동으로의 이사가 된다. 이 시절의 아픔은 강사생활이라는 고달픈 길과 미래를 찾으려는 마음이 갈피를 잡지 못해 헤매는 때를 문학이라는 기둥이 나를 붙잡아 준 때였기 때문이다. 혼자 집에 앉아 글 쓰고 책 읽는 일로 하루를 소비하는 울분을 생각하면 내가 얼마나 나를 수양할 수 있는 가를 시험하는 시절이었다.

남현동은 개발초기 예술인 마을이었다. 여기 미당선생이나 정완영, 김준 시조시인 그리고 앞뒷집에서 살았던 김준식 시인이 살았다. 뒤로는 관악산이 있어 아이들과 아침을 재촉했고, 웅변을 연습하는 작은 바위 위에서 목청을 높이던 시절이 이곳에서 나의 시와 비평의 작업이 본격적인 궤도를 찾아가는 나날이었고 여기서 대학교수의 꿈을 이룬 마을이었다.

서정주 선생—아내와 함께 사는 집은 비교적 어둔 분위기였고 아이들이 없는 집안은 항상 조용했었다. 명절이면 아이들과 함께 세배를 갈라치면 빳빳한 1000원짜리를 선물로 주시던 그분의 손엔 옥가락지가 푸름을 더하고 있었고 그의 눈은 빛나는 형형함을 더하는 할아버지의 모습이었다. 아침이면 관음사—돌을 깨던 채석장 바위위에 중풍의 사모님을 앉히고 당신은 주변을 서성이던 모습의 남편—이 글에서 말하고 싶은 요지는 시인은 무당 끼를 감출 수 없다는 점을 미당선생과의 교분에서 느낀 일이다.

각설하고 시를 맞이하는 일은 주술적인 현상이 내장된 것을 분석할 수는 없지만 그런 기운을 가질 때, 시의 발자국을 포착할 수 있을 것이란 경험이다. 신명의 깊이에 빠지는 일은 무아경의 경지를 만나는 일이라야 한다. 무당이라고 항상 신이 머무는 것은 아니다. 시인도 시의 신을 불러오는 절차를 통해서만 비로소 만남이라는 소망을 이룰 수 있기 때문이다. 이를 위해서는 분위기가 한 몫을 할 수 있다는 뜻으로 이사(移徙)라는 장황한 서두를 만들었다.

분위기는 스스로가 만드는 점에서 꼭 장소를 탓할 수는 없을 것이다. 마음에서 무슨 생각을 갖는가의 여부에 따라 호·불의 문제가 도출된다는 점에서 마음의 집을 어떻게 만들고 거기에 안주할 것인가의 여부가 판가름 난다고 생각한다. 물론 좋은 환경이라는 선결조건이 만들어진다면 이는 더없이 좋은 일이지만 악머구리의 시장판에서도 수양의 덕목을 달성할 수는 있기 때문이다.

시는 산문과는 다르다. 산문을 쓰는 일은 신명이라는 엑스터시의 경지가 없어도 되지만 시는 그렇지 않다. 열성으로 시를 생각하고 시의 언저리를 맴돌다보면 어느 순간에 다가오는 시의 이름을 맞이하는 일은 결코 지적인 나열만으로는 안 된다. 나는 미당선생과의 지근거리에서 살면서 그런 인상을 받았고 또 생활 여건 또한 시의 중요한 몫이라는 점을 알게 되었다. 문제는 얼마나 시적으로 사는가의 여부에 따라 시는 다가올 수도 있고 외면하는 이름인가의 여부도 결정된다는 뜻이다.

직장을 은퇴한 이후 나는 호사스런 서재에서 무한의 글을 쓰고 있다. 사면이 확 트인 유리서재에서 나는 마치 물속에서 노니는 물고기처럼 자유자재로 유영하는 일상—글 공장이라는 말을 들을 정도로 많은 생산량을 달성하는 나의 일상은 행복하다. 하고 싶은 일을 아무 거리낌 없이 할 수 있는 일 또한 나의 행복의 의미가 된다는 점이다. 이제 나의 시 쓰기는 시집의 양이 대변하는 일로 대답을 삼게 된다.*

# 서재

    글 쓰는 사람 누구나 서재를 갖고 싶어 하고 또 그런 소망을 말한다. 작은 공간일지라도 자기만의 공간을 가질 때 마음의 안정을 가질 수 있을 뿐만 아니라 정서적으로 고조된 평정심을 가질 수 있을 때, 비로소 무언가를 만들어야 한다는 이유 때문에 서재는 글쓰기에 대한 압박으로의 작용도 예외일 수는 없을 것이다. 기실 돌아보면 나의 글쓰기는 어린 시절에 책방에서 난독을 할 때부터 이어온—작은 책방 안에서 읽고 끄적이던 일들이 모아진 습관일 것이다. 무엇보다 일기를 빠지지 않고 기록했던 일이 내 딴엔 대견한 자랑이다. 선생님이 쓰라는 요구에서도 아니고 누군가 일기를 쓰면 사고의 폭을 넓힌다는 등등의 강조가 있어서도 아니고 그냥 읽고 쓰는 일이 내 삶의 일상에서 나온 습관일 것 같다. 그만큼 환경의 중요성은 다할 나위 없이 인간에게 영향을 줄 수 있다는데 나는 신념 같은 것을 가지고 있다. 작은 집에서 다시 조금 큰 집으로 이사를 할 때마다 서재의 소망을 키워왔다. 만리동의 한옥의 작은방에서 시작하여 조금도 큰 방이 나의 공간이 되었지만 정작 문학의 맛은 이때부터 나의 서재는 집의 크기와는 다른 넓이의 길이 열리기 시작했다. 그러나 서재 같은 서재를 갖기 시작한 것은 1970년대 말 쯤으로 기억된다. 적산가옥인 청파동의 언덕의 2층에 8평짜리 서재가 내 본격적인 작업의 공간으로 호사를 누릴 수 있는 계기가 되었다. 삐걱거리는 나무 계단을 오르면 책상과 소파를 놓고 벽으로는 큰 책장을 놓고 책들을 모으기 시작했었다.

책의 권수가 늘어날수록 행복감의 여백은 욕심으로 채워졌다. 책장을 늘이고 또 책을 채우고 급기야 한창 유행인 월부로 구입하는 돈이 한 달이면 만만치 않는 지출이었어도 행복한 일이 아닐 수 없었다. 고등학교 교감을 그만두고 강사 생활을 할 때 나의 책 구입의 광기(?)는 더욱 지출이 상승하는 때였다. 또 한 번 남현동으로의 이사 때도 내 서재는 아이들 방이 되면서 높이로 오르는 책의 키는 나를 재촉하는 일이었고 이사 때마다 책이 이삿짐보다 더 많은 부피였고 골치였지만 불평을 한 적은 없는 것 같다. 책꽂이에 있을 때와 풀어놓은 책과는 비례가 안 된다. 풀어놓으면 온 방안이 가득해지는 것이 책의 속성이다.

각설하고 나의 대학 재직 시에도 내 큰 연구실은 사방으로 가득 찼었다. 학생들이 내 연구실에 들어오는 순간 이미 압도되는 것이었지만 이곳에서 컴퓨터 앞에 앉아 글을 쓰는 일이 나의 일상이었다. 그러나 공부를 안 해도 되는 풍토의 대학은 오로지 원고지의 분량을 늘이는 것과 서재와는 분명 밀접한 상관이 있었다. 15년 동안에 20권의 저서를 출간하고 나는 퇴직할 수 있었기 때문이다. 서재는 클 수로 채워지는 일이다. 작으면 더 쌓으면 되지만 공간이 넓으면 늘어나는 것이 서재의 속성이기 때문이다.

퇴직 이후 마련한 나의 서재는 가히 큰 호사를 누리고 있다. 2층 10여 평의 서재와 따로 부속 건물에 17여 평에 책이 가득한 공간에서 글을 쓰고 있기 때문이다. 2층의 서재는 주로 가을이나 겨울용이라면 별채의 큰 서재는 한 여름에 소용되는 바, 문학의 행사가 있으면 이곳에서 담소를 나누면서 교분을 넓히는 장소로 사용하고 있다. 2층은 허정당이고 별채는 청조헌이라는 이름을 붙여 구분을 하고 있지만 나의 글쓰기는 주로 허정당에서 보내는 형편—컴퓨터가 소재하고 있음도 그렇지만 경치가 좋다. 누구나 우리 집을 방문하면 2층에 올라와 저절로 시가 써질 것 같다는 말이 이구동성이기 때문이다. 그러나 이곳에서 나는 가장 고민을 많이 한다. 저절로 써지는 글이라기보다는 내 머리에서 나오는 길 찾기이기 때문에 고심참담함을 거쳐야만 한다.

서재는 호사스러워도 좋다. 지금 우리 집은 서재를 빼면 거실과 작은 방이 고작이다. 따지면 불편하고 옹색하지만 내 서재에 들면 나는 왕이고 더할 나위없는 군주라는 생각이다. 아마 서재의 호사에 세금을 매긴다면 나는 영락없는 대상이지만 이도 감수할 것이다. 왜냐하면 나의 글은 모두 이곳에서 생산되고 소비자에게 호평을 받는 일(?)이 있다면 오로지 서재의 몫으로 돌릴 수 있기 때문이다. 모르지만 경호가 있는 대통령의 집무실보다도 더 넓고 호사하다면 나를 일러 글 공장의 사장이라는 어느 잡지사 관계자의 말은 이런 서재의 덕으로 돌려야 할 것이다.*

# 다시 서재(書齋)


글을 쓰는 사람이나 일반인이나 서재를 갖는 꿈을 갖는다. 물론 서재가 남자들의 잠자리로 쓰이는 경우도 종종 보아왔다. 그리고 책 몇 권을 늘어놓고 서재라 호사를 부리는 사람도 있다. 서재는 겸손한 욕망을 뜻한다. 그만큼 자기만의 장소를 갖고 컴퓨터에 저장된 은밀한 야동을 보거나 밀약의 대화를 나누는 전화 장소로도 쓰이는 경우가 있을 것이다. 아마도 아내와 떨어진 적당한 장소에서 남자들은 자기만의 욕망을 채우는 흥미의 장소가 서재일 수도 있다. 사람은 누구나 비밀의 공간을 갖고 때로는 거기서 자유를 만끽하는 생각을 갖고 살아가는 것이 인간의 상정(常情)일지 모른다.

아마도 60년대 군인들이 집권하고 개발붐을 타고 새집을 지으면 으레 거실에 화려한 책장을 만들어 으리으리한 소파 뒤에 몇 점의 한국화—그때 돈을 찍었다는 화가 지인의 소리도 들었을 만큼 허세의 욕망이 있었던 시절이 6, 70년대의 풍경이었다. 심지어 청계천 고서점에서 차를 세워놓고 책장 여기서 저기까지 모조리 실으시오 라는 에피소드는 확인된 바는 아니었지만 당시에 떠돌던 유머였다. 동양에서 서양의 백과사전인 브리테니카가 제일 많이 팔렸다는 말을 들었다. 영어를 아는 사람이면 몰라도 전혀 모르는 사람이 더구나 호화판 가죽 양장본

이었으니 얼마나 비쌌을 것인가. 실제로 돈 많은 내 친구의 동부이촌
동 집에서 본 실물이었다. 그 책은 지금도 갖고 있는지 모를 일이다. 남
에게 보이는 것으로 자기를 분식(粉飾)하는 무식한 일이 아닐 수 없지
만 발전단계에서 만나는 치기(稚氣)로 돌리면 될 것이다. 우리는 그런
시절을 지나오면서 의식의 상향(上向)을 이루어 온 민족이다. 이제 그
런 사람의 서재는 없을 것이지만 서재는 확실히 자기를 앞세우는 욕망
의 전시장일지 모른다. 왜냐하면 나 또한 그런 지경을 범하면서 살고
있기 때문이다. 그러나 나는 서재에 올라오면 주로 은퇴 이후의 의식
을 정리하는 장소로 쓰인다. 물론 친구가 보내주는 이메일에 나부들의
모습을 아내 몰래 훔쳐 보다 지우는 일이 자주 있고 멀리 산을 바라보
면서 하염없는 인생의 근본을 생각하는 사념(思念)에 빠지는 일이 다반
사이다. 시를 쓰고 수필을 쓰고 비평의 숙제를 하는 곳이 서재이기에
나는 여기서 가장 행복한 고민을 소화한다.

부유(浮游) 인생, 고작 100년을 살지 못하는 한계 속에서 자기의 영
토를 갖는 일은 욕망일지 모른다. 글을 전문으로 쓰던 안 쓰던 소망을
가지고 하루를 위안으로 마련하는 공간에서 은밀한 숙제이든 노출된
일이든 피난의 장소가 있다는 것은 확실히 삶의 언덕을 넘어가는 하루
의 위안처임이 분명하다.

나는 문사원에 둘의 서재를 갖고 있고 또 서울에 가면 다시 내 서재
가 있다는 호사는 아마도 내가 살아오면서 누리는 가장 부유한 삶일시
분명하다. PC 여행―인터넷을 켜고 오늘의 소식을 섭렵하기도 하고
메일을 매일 첵크하는 것으로 일과가 시작된다. 옛날에는 잡지사를 찾
아가 원고를 건네고 원고료를 받아 술을 마시던 풍토가 메일로 대체한
이후 원고를 보내는 것도 온라인으로 고료를 받는 일이 서재에서 일괄
타결된다. 잡지사와 떨어진 시골에서 글을 마음껏 쓸 수 있는 일 등 원

스톱으로 글을 쓰고 처리하는 일이 서재라는 공간에서 마무리되는 편한 세상의 중심에서 나는 서재의 호사를 누리는 것을 부끄러워하지 않는 일 또한 행복한 내 삶의 풍경화일시 분명하다.*

# 문학의 임무

## 1. 감동 생산의 임무

새삼 시문학의 임무라는 타이틀 앞에 서면 정작 문학을 즐기고 글을 쓰는 사람들은 당혹할 수밖에 없다. 정작 글을 쓰는 사람들은 소정의 타이틀에 대한 자기의 확신이거나 아니면 주제에 합당한 글을 쓰기위해 온갖 심혈을 기울이면서 머리를 회전하는 일이 급하기 때문이다. 내가 왜 글을 쓰는가라는 물음에 정답을 찾기가 어려운 것도 이런 이치 앞에 글쓰기의 관습일 것이다. 적어도 전문으로 글을 쓰는 사람에게서는 문학의 본질에 대한 가치를 발견하는 일은 글의 가치와 상관을 유추하게 된다. 불특정 다수 즉 글을 읽는 사람에게 즐거움을 주는 일이 글의 최대 가치이기 때문이다. 그렇다면 즐거움 즉 감동이란 의미는 어떻게 측량할 수 있을 것인가? 이 대답을 정하기 전에 글은 유기체라는 말을 하고 싶다. 마치 노래 한 곡조도 때에 따라서는 생로병사의 부침이 있다. 다시 말해서 처음엔 각광을 받지 못하다 다시 리바이벌하면 공전의 히트를 하는 경우—확실히 예술작품은 이런 전철이 다분하다. 때문에 문학을 생명체로 인식하는 것은 부질없는 일이 아니다. 한 가지 더 예를 들면 김소월의 <진달래꽃>이 잘된 작품이라 인정하지만 실제로 이 작품은 시간의 경과에 따라 다른 평가를 받을 수 있는 여지가 다분하다. 즉 시적화자를 여자로 보면 떠나는 남자에 헌신하는 수동적인 자세일 것이다. 떠나는 남자에게 진달래꽃으로 카펫을 깔아주고 잘 가라는 여성이 얼마나 될까를 계산해보라. 이런 여성은 삼종지도(三從之道)의 유교문화에 절어진 과거엔 당연한 사회적인 기준이었지만 남녀평등의 시대엔 이런 기준 자는 난센스라는 일이다. 그만큼 사회적인 현상이 달라졌다는 것은 문학의 내용 또한 달라지는 것이 당연하다. 왜냐하면 현실적인 삶의 가치가 문학의 가치와 등가(等價)를 갖기 때문이다 만약 문학적인 가치와 현실적인 가치가 상이하다면 이는 인간에게 버림받는 가치로 전락된다. 문학은 인간의 땅에서 자라는 정신가치이기 때문이다. 이처럼 살아있는 문학이라는 뜻은 현실과 밀접한 연계(連繫)하에서 평가되는 이름이다. 왜냐하면 명작의 조건은 영원성—시간을 넘어 영원성을 가질 때 비로소 명작이라는 명칭을 부여받게 된다. 오늘의 가치가 내일이면 비가치가 되는 기준은 이미 명작의 이름에서 제외된다. <진달래꽃>을 오늘의 기준에서 바라보면 문학이 생명체라는 대답이 정리된다.

감동이란 이름도 현실적인 변화에 따라 다르게 다가온다. 원시인의 감정과 현대인의 감정이 같을 수는 없다. 그러나 인간이 가진 감수성이라는 본질에서는 여일하지만 인지(認知)하고 반응하는 그 내용에서는 시간에 따라 다르게 반응한다. 시간의 개념은 변함이 없지만 이를 활용하는 인간—전원문화의 인간은 시간 단위의 삶이었지만 현대는 초단위의 삶을 살아가는 것이 시간의 활용이다. 이처럼 감동의 표출도 다르다. 가령 할아버지와 손자가 함께 앉아 개그프로를 보면 웃음의 반응은 전혀 다르게 나타난다. 손자가 웃는 이유를 할아버지는 모르는 —반응의 속도가 1세대 간에도 현격하게 차이 난다. 시간 단위가 짧은 시간을 살아가는 사람의 반응은 깊이가 아니고, 무게가 아니고, 깊이 생각하는 단위가 아니다. 반면에 나이 많은 사람의(할아버지 세대) 경우의 반응은 생각하게 하는 것―무게 있는 명작을 선호한다. 이 때문에 웃음의 반응이 늦고 또 반응의 지속시간은 길다는 판단이다. 그러나 젊은 사람의 경우 정보를 받아들이는 속도가 빠르고 전환이 신속해야 한다. 이런 기준이 아니면 금방 인내심이 고갈되는 가하면 다른 채널로 전환하는 속성을 갖는다. 이런 예로 볼 때 문학의 감동은 자연스레 답이 나온다. 세대 간 공통의 감동을 갖는 일은 현대에서는 극히 지난(至難)하다는 점이다. 사랑―이 경우 가장 공통적인 주제일 것이다. 그러나 사랑의 각론에 들어가면 여기서도 서로 다른 속성을 만나게 된다. 은근과 감춤의 사랑을 갖는 세대와 진솔하게 드러내는 사랑의 차이로 나타나기 때문이다.


## 2. 소재의 임무

문학은 무엇을 쓸까의 고민으로 최초 소재와 만난다. 그러나 소재라는 말에는 원초적인 재료에 대한 고민이 투영되는 1차적인 공간이다. 음식 맛은 재료와 손맛이라는 두 가지의 요소가 있다. 재료는 요리사의 안목이 있어야 감식안을 가질 수 있고 또 후자에서는 독특한 요리사의 정신이 투영되는 점이다. 이 둘은 항상 불가분의 상관 하에서 일정한 목적인 맛이라는 집중 처로 다가든다. 글을 쓰는 이치 또한 이런 점에서 작가와 재료의 분리란 있을 수 없을 것이다. 사실 시의 소재에는 제한적인 공간이 없다. 어떤 것도 영감의 도움을 받으면 시의 얼굴로 성형되는 것은 시를 창작하는 사람의 기쁨일 것이다. 이 기쁨을 위해 시인은 시련과 고통을 지불하고 얻어지는 것—기실 얻어지는 것에 기쁨이란 달성된 것에 대한 애착이 고작일 것이지만 이것도 커다란 소득이 된다. 기실 소재의 문제는 무엇의 선택보다는 어떻게 라는 방법적인 기교에서 언어 운용의 묘미와 결합된다. 왜냐하면 시는 소설이나 여타 산문과는 달리 언어장치에 여간 민감한 면이 있다. 비유와 상징 혹은 역설, 아이러니 등 동원하려는 절차가 무수히 많다는 점에서 시는 소재에 따른 의상—비유 상징 등에 유달리 신경을 써야만 한다. 사물 모두가 소재가 되지만 특히 인간의 삶을 소재로 할 때는 바른 것 혹은 정의로움으로 포장된 사건이 되어야 한다. 특히 역사의 줄거리를 왜곡하는 경우가 흥미로 포장된다면 이는 안 된다. 가령 6.25와 같은 소재를 다룰 때는 이념의 포로가 아닌 객관의 중심에서 판단하고 선택되어야 한다. 80년대를 휩쓴 이념의 왜곡을 소설로 포장하여 이른바 베스트셀러의 행진을 이끌고 간 대하소설—욕설과 잡박한 행진으로 왜곡의 그늘이 성가의 대열이었던 때가 있었다. 이런 소재의 왜곡을 독자들—판단의 깊이를 갖지 못한 사람들에게 치명적인 신념을 주었던 과거를 기억해야 한다. 소설은 픽션이지만 분명히 한계를 갖는바— 가령 해에는 빛이 없다는 상상은 왜곡을 넘어서는 불가능한 선택이기 때문이다.


3. 문학에는 임무가 있어야 한다.


　좋은 문학은 인간을 변화시키는 힘과 세상을 정화(淨化)하는 에너지를 내장하고 있어 생명력이 있다. 다시 말해서 고전이란 영원한 생명력—시간을 넘어 살아나는 에너지를 갖춘 작품을 지칭한다면 이 또한 좋은 작품이라는 수식사를 받을 수 있다. 한 편의 시가 인간의 영혼은 깨우칠 수 있고, 아름다움으로 진행하는 인생의 길잡이가 될 때 문학은 힘이 있게 된다. 반면에 말초적인 혹은 선동의 입담을 내세우면서 얍삽한 감성을 자극하거나 왜곡의 줄거리를 내세워 호도(糊塗)하는 작품은 퇴출되어야 하지만 실제로 세상에는 그 또한 에피소드로 살아남는 경우가 있어 순간적이거나 일시적인 현상으로 마무리될 수밖에 없다. 가치의 개념이란 항상 걸러지는 수순을 통과하면서 평가를 득할 수 있기 때문이다. 한때 낙양의 지가(紙價)를 올렸던 <자유부인>이 이젠 간장병 마개로도 소용이 안 되는 것이나 요즘말로 19세 이상에 읽어야 되는, <벌레 먹은 장미>라는 소설은 거론의 이름도 될 수없는 에피소드로 끝났다. 80년대 노벨상의 목록에 오른 시인의 이름은 아예 이름 석 자도 과거만을 말하는 예로 끝난 것이나 김정일과의 사이에 축배를 들고 감격한 시인이 노벨상 거명에 들었지만 그를 작품으로 말하는 평론가는 없다. 다만 지나가는 구름 같은 허상일 뿐이다.

글은 진실이어야 감동을 준다. 왜냐하면 글은 진실 앞에 항상 누선을 자극하거나 진리의 길을 제시하기 때문이다. 선생을 욕하는 인격이나 구자모(某)의 부인을 겁탈하고도 묻어버리는 과거의 검은 구름은 손으로 가린다 해도 그런 인간이 쓴 시는 결코 마음의 깊이에서 나오는 소리가 아니기 때문이다. 물론 글은 정치조차 포괄하는 그릇이라야 한다. 정치라는 하위개념에 포로가 된다면 이는 문학을 구렁텅이로 몰아넣는 일이 된다. 이를 문학의 해독이라 칭할 수 있을 것이다. 한국 민중문학의 해독은 이런 역사에 누를 입고 있다.

문학의 임무는 오로지 옳은 것으로 인식을 끌고 가는 길잡이가 될 수도 있고 인간의 운명에 밝고 환한 빛을 말하는 일로 길을 넓히는 임무라야 한다.*

# 문학병

가장 좋아하는 일에 열성일 경우 마니아라 영어로 부른다. 다른 말로하면 좋아하는 병을 얻었다는 비유로도 쓸 수 있을 것이다. 천석고황(泉石膏肓)의 고질이라면 이 또한 병일 시 분명하다.

나는 문학에 병을 얻어 지금까지 살고 있다. 젊은 날—책방을 했다는 일로 나의 문학 병의 시발로 삼을 수 있지만—이는 내가 은사를 갖지 않고 문학을 해온 원인이 나의 습관—이른바 책방에서 읽고 쓰고 했던 원인에 있음일 것으로 추정한다. 이런 징후는 모든 문학적인 판단이 자연 고독의 기둥을 붙잡고 살아가는 일이 모두라는 점에서 월던 숲에서 산 소로우적인 고독이라면 이 또한 적당할지 모르겠다.

나는 가끔 내 인생은 되돌아보면서 만약 문학이 아닌 다른 일로 살아가는 길을 선택했다면 어떨까라는 상상이 젖곤 한다. 젊은 날 어느 직장에서 어떤 사람이 여의도로 가시라는 의미로 어수비조(魚水飛鳥)를 써준 격려가 생각나는 것은 추억을 되짚어보는 길에서 에피소드가 된다. 아마 내가 말을 열성으로 잘해야겠다는 생각이 이런 부추김의 요소로 작용했을 것이고—나의 선친은 남자는 말을 잘해야 한다는 말을 자주 했었지만—이런 요인들이 나의 뇌리에 각인되어 말하는 재주를 익히는 연습을 많이 했다. 이런 저변의 생각은 어느 정치가(뒷날 대통령이 되었지만)의 안방까지 찾아갔던 일도 그런 의식이 저변을 장악하고 있었다는 생각이다.

각설하고 내가 만약 정치를 꿈꾸었다면 나의 일생은 파란의 길로 들어갔을 것이다. 왜냐하면 나는 행정가의 소질이기보다는 혁명을 꿈꾸는 성격이라는 점을 들 수 있을 것이다. 도전하고 개혁하고 타파하는 의지는 강하지만 어떤 문제를 지속적으로 이끌고 가는 일에는 적성이 부족하다는 내 판단이다.

때문에 나는 문학을 하는 일이 내 천성임을 나이가 무거운 요즈음에 더욱 실감하고 있다. 나에 의해서 모든 일이 수습되고 진행되는 일은 문학의 성격과 일치되는 특성이라는 뜻에서 문학은 자기만의 고독한 작업이다. 왜냐하면 정년이 없는 글쓰기가 직업이고 천직이라면 그런 이름에 적합한 작업이 문학의 집필이다. 물론 멋 내기 문학인이 없는 것이 아니지만 문학은 멋이 아니라 자기와의 치열한 대면이라는 뜻에서 성과를 생산하는 작업이기 때문에 가치와 연결된다. 그것도 정신의 가치―에센스를 만나고 생산하는 일이야 말로 고귀한 작업이라 생각한다. 반짝하여 한 철이면 끝나는 정치가의 말로는 항상 비참을 대동하고 살아가는 일이라면, 문학은 이와 달리 명성을 데리고 살아가는 일에서 차이가 있다. 물론 위대한 업적―이 또한 도달하기 어려운 목표일지라도 평생 문학의 가치를 추구하면서 사는 일은 분명 가치의 이름에 해당된다. 물론 문학의 명성은 당대에만 얻을 수 있는 이름은 아니다. 70년 뒤에 유명해진 멜빌이나 40여년이 지난 뒤에 시인으로 이름을 알린 한용운 등은 당대에 문학의 명성을 찾을 길이 없는 작업이었다. 다만 좋아서 하는 일―이런 병에서 헤어 나오지 못하는 일은 귀한 일이라 생각한다.

애당초 늦깎이로 시작한 나의 문학의 길은 찬란한 것과는 상관이 없다. 다만 좋아서 하는 일이었고 또 내 성격의 문제로 선택된 길이라는 운명을 사랑한다. 대학에 문창과를 만들어 내 뜻을 폈지만 명색이 드러난 제자 한 명을 키우지 못했을 지라도 언젠가 한 촉의 싹이 나올 것을 믿는다. 석가나 예수─성인(聖人)들도 열 명쯤의 제자로 만족하는 결말로 보면 나의 문학적인 사랑은 욕망을 앞세웠을지라도 욕심으로 가두는 일에는 별로 의미가 없다. 왜냐하면 문학은 영원한 자유를 추구하는 작업이고 또 과거를 길항(拮抗)하는 데서 새로운 가치를 창출하는 작업이기 때문에 자유적인 사고와 자유를 추구하는 일은 문학의 본성에 이르는 일이 될 것이라 믿는다.

내 문학은 소득이 별로인 쭉정이 일지라도 나의 문학에 대한 열망은 쉼이 없다는 데 만족한다. 그러나 나이가 문학의 열망을 완화하고 있다는 느낌에 이르면 조급증이 나타난다. 우선 오른팔에 이어 왼쪽 팔의 통증이 글쓰기를 방해하고─이런 신체적인 현상이 나이와 연결될 때 서글퍼진다. 왜냐하면 스러지는 꽃들의 모습을 바라보는 일이 곧 나의 운명적인 비유와 상관을 갖는 것 같다는 이유에서이다.

나는 문학─글쓰기에 미친 것 같은 행보를 부끄러워하지 않는다. 이는 내가 선택한 운명적인 업보를 이끌고 가는 일이 나의 삶이자 목적이기 때문이다. 오늘도 컴퓨터 자판을 응시하는 눈이 흐려지고 손이 무디어진다. 팔에 통증이 오는 일이 더없이 우울해지는 이유가 된다. 내 정신은 화려하게 길을 달리고 싶지만 육신의 삐걱거림이 보완해주지 못하는 것 같은 불일치에 대한 안타까움─내 문학은 아직도 달리고 싶다.*

문학꾼들에게

뜬금없는 제목일 것이다. 그러나 짧지 않은 세월동안 글을 쓰면서 꾼들을 너무 많이 보아왔고 이를 타매(唾罵)하면서 글을 써왔다는 자부심을 감추고 싶은 일은 아니다.

첫째는 문학의 가치가 없는 에피소드문학에 대한 경멸이다. 이는 80년대 이후 이른바 민중문학에 대해 나는 일관되게 반대와 설득이라는 카드를 사용했다. 지금도 그들이 차지하고 있는 위상은 독자들은 모르고 빠져드는 현상이 다반사이지만 이들이 문학을 정치적인 도구로 사용했고 또 여기서 악명(Famous)이 아닌 유명(notorius)의 명성을 획득했음은 사실이다. 쉬운 말로 알맹이가 없는 이름이 얼마나 공허한 일인가 말이다. 우리나라 민중문학은 이런 실상임이 이미 판명난 일이다. 오죽해야 그들의 단체에 이름을 바꾸는 일이 벌어지고 또 그들의 리더들이 이명박 정부에 와서는 변신의 말을 쏟아내는 일이 벌어지고 있다는 점이다.

백○○의 문학적인 표변은 가히 대표적인 예가 될 것이다. 말을 옮김으로 논지를 시작한다. 중앙일보('09.3.23) <시대를 논하다>에서 "우리의 목표는 한반도 평화, 통일은 수단일 뿐"이라는 요지로 대담을 하고 있다. 그렇다면 지금까지 그는 '북한쪽의 시각에 경도된 통일지상주의자'라는 명칭에 혼신의 노력을 기울인 사람이었다. 그러나 노무

현 정부가 물러나고 이명박 정부에서는 행동의 양상이 달라지는 느낌
을 준다. 이 변신은 혁혁하게 활동했던 노무현의 시대가 퇴물로 전락
하자 재빠르게 지상 명제처럼 여긴 통일을 수단으로 말하는 변신이다.
그렇다면 통일과 한반도 평화라는 함수에서는 무엇으로 대답 할 것인
지 궁금하다. 그의 행동은 분명 남한에서 '분단으로 이득을 충분하게
누린 사람'이었다. 그러나 그는 지금 '건전한 중도'로 몸을 변신하는 모
습이 초라하다. 그렇다면 '중도'와 '한반도 평화'라는 함수에 들어가 자
기의 몸을 담금으로써 좌익적이었다는 비난의 예봉을 피하는 꾀와 시
간을 벌려는 의도로 보인다. 백○○은 "통일을 너무 강경하게, 일방적
으로 주장하면 국민들이 거부감이 생긴다. 의도와 상관없이 결과적으
로 분단체제를 유지하는 데 도움을 주는 행위가 된다." 백○○의 주장
은 지금까지의 삶에 대한 반성이 없이 오로지 변신의 의도가 승하다.
다시 말해서 평화를 주장하지만 북한의 위정자들에게 무엇을 주문했
고 또 통일이라는 말을 전유물로 생각하고 살아오지 않았는가를 지금
쯤은 자문해야만 한다. 평화를 저해하기위해 핵을 만들고 남한을 위협
하는 세력이 누구였는가를 모르는 지식인가 말이다. 이런 위협에 대해
북한의 김정일이나 김일성을 비난해 본적이 있는가, 적어도 학자요 문
학을 하는 사람으로서 중도라는 비겁의 껍질 속에서 은신하려는 일은
확실히 좌파 민중문학의 말로가 되는 것 같다. 좌파 민중문학의 전철
은 민중, 민주, 통일이라는 간판을 수시로 바꾸면서 지나온 일이 지금
까지 그들이 주장의 요지였고 명분이었기 때문이다. 한데 갑자기 통일
은 수단이라는 어순에는 당혹스러워진다. "나는 우리가 한반도에서
평화롭고 어느 정도 넉넉하고 또 환경 친화적인 삶을 사는 것이 목표
이고, 통일은 그 수단이라고 본다. 우리네 삶이 겉으론 멀쩡해 보여도
사실은 적지 않는 분단비용을 치르고 있다"에서는 영악한 지식인의

혀를 보는 것 같다. 김정일의 아버지는 동족상잔의 피를 뿌린 사람이고 동족을 290만여 명을 죽였고 그 아들은 아사로 집권 10여 년에 300여만 명을 죽음으로 내 몬 죄과를 한번만이라도 물어본 적이 있는가? 왜 북한의 핵에는 입을 다물고 북한의 인권이나 미사일을 쏘는 일에는 방관자의 태도인가를 돌아볼 일이다. 세습왕조의 김정일의 행위보다 남한의 인권에 더 열 올린 이들이 변신의 자세를 갖고 의연한 척하는 몰염치는 차라리 입을 다물고 지난 과거를 반성하는 편이 좋을 것이다. 지도자연하면서 중도를 주장하는 일은 이미 초라한 변명이기 때문이다. 이런 사람들에게 할 일 없는 매스컴의 부각은 방조자의 예지 없는 일들이다. 언제 "민주주의 건강한 경제의 성장, 친환경 분위기가 먼저고 그런 토대에서 통일로 가자는 것이다"는 말은 지금까지 통일지상주의자의 태도에서 왜 변해야했는지 모호의 숲에 의도를 감추고 있음이 궁금하다. 또 얼마나 한국의 건강한 민주주의에 헌신했고, 건강한 경제성장을 위해 기도했고, 친환경이라는 주장이 지금까지의 행태에서 무슨 의미를 가지는 지 변화에 대한 설명이 부족하다. 왜냐하면 '평화'와 '중도'라는 주장으로 전환하는데 과정의 설명이 있어야 설득력을 가질 것이기 때문이다. 지도자라면 과거와 현재 그리고 미래의 비전에 일관성이 있어야 할 것이기 때문이다. 개구리 떼가 노는 연못의 주인공에서 갑자기 신사연하는 모양은 어딘가 어색하고 초라함을 느끼는 것은 피할 수없는 냄새 같다. 이는 좌파문학의 지도자에서 정치지도자(?)로 변신하는 일이 너무 황당하기 때문이다.

이런 변신의 주인공은 황모라는 작가 역시 같다. 만나면 안 된다는 실정법을 무시하면서까지 김일성을 몇 번에 걸쳐 알현(?)한 이후 이젠 중도라는 기막힌 변명으로 외국가는 대통령의 전용기에 탑승하는 혁혁한 성과(?)를 놓고 보면 그나 그나 모두 똑같다. 보수의 힘으로 당선

된 대통령이 화합을 미명으로 중도로 몸을 바꾼다고 이쪽이 아닌 저쪽
에서 얼마나 박수를 받을 수 있을까 하는 심각한 의문이 든다. 아마도
손해의 계산법이 아닐까요?*

# 문학 도제(徒弟)의 문제

## 1. 도제와 자유

글쓰기는 어떻게 하는 걸까? 이런 물음은 글을 쓰려는 사람에게는 매우 현실적인 문제일 것 같다. 초등학교에서 일기쓰기를 시작으로 중·고등학교에 작문시간 혹은 대학의 교양과목을 거치면서 글을 쓰는 일에 대해서 혹은 좋은 글을 쓰는 일에 대한 지식의 획득만으로도 충분할 것으로 여길 것이다. 물론 충실하게 공부했다면 이라는 단서가 따르겠지만 거의 대부분의 글을 쓰는 작가들의 습작시대는 앞의 현상과는 다른 길을 밟아온 사람들이 많을 것이다. 나는 이런 현상을 두 가지의 시대로 분류하고 싶다. 다시 말해서 1988년 이후 잡지자유화 이전의 시대와 그 이후의 시기에 따라 글쓰기의 풍토가 달리 조성되었다고 본다. 전자에 속한 문인들은 혼자 혹은 타인의 글이나 사숙(私淑)을 통해서 시인이나 작가로의 길을 위해 피나는 땀을 투척하면서 소망을 달성했고, 더러는 일 년 중 초하룻날 발표되는 신춘문예의 관문을 통해 선망의 대열에 오를 수 있었지만 그 숫자는 10여명에 불과했고 그 중에서도 살아남는 사람은 매우 극소수였다. ≪현대문학≫이나 ≪월간문학≫, ≪현대시학≫, ≪시문학≫, ≪심상≫ 등 전문문학잡지가 부족했던 시대의 등단은 그 자체로 확실한 명패를 달고 혼자 자기의 글을 개척해나가는 시대였다. 그러나 올림픽을 치를 무렵부터 통제의 시대에서 자유화의 시대를 구가할 수 있는 시기로 진입했다. 잡지 자유화로 인해 많은 문학잡지를 양산했고 이로 인해 잡지의 경쟁은 필연적으로 신인은 양산하는 양적 팽창의 길이 넓어졌으니 여기서 질적인 저하를 초래, 급기야 마음만 먹으면 누구나 문인의 명찰을 달고 행세하는 시대로 질주했다. 신문사나 잡지사마다 문학 강좌가 개설되었으며, 또는 각종 문예잡지에 신인을 공급하는 파이프라인을 구축하게 되었으며, 일정한 시간을 맞추면 이들을 한데 묶는 동인회 혹은 문학회라는 간판을 달고 동인지를 출간하면서─거기엔 가르침을 준 기성문인을 선생님으로 모시는 일이 문학 도제(徒弟)의 울타리를 형성하게 되었다. 그러나 대부분의 학생(?)들은 설사 소망하던 문인이 되어서도 자력으로 자유를 찾아 길을 떠나는 제자는 이단으로 취급되는─지도 선생의 포로로 남아야 하는─개성을 차압당한 글이 양산되는 지경을 초래하게 되었다. 다시 말해서 참된 도제의 관계가 아니라─자유를 얻기 위해 펄럭이는 나래를 이단으로 낙인 찍히는 일이 많다는 점이 문제로 파생되었다.

좋은 스승을 만나면 운명을 바꿀 수 있지만, 스승의 곁을 떠나지 않으면 결국 개성을 압수당하는 결말을 맺는다. 주지하는바 미당은 젊은 날 보오들레르나 말라르메를, 청마는 니체를 사숙했음은 잘 알려진 사실이다. 그러나 서정주의 첫 시집 『화사』 이후 『신라초』나 『동천』에 와서 미당은 사사했던 스승과 정신적으로 결별하여 자기만의 성(城)을 구축했지 않는가? 날갯짓을 할 줄 아는 제자는 매몰차게 세상의 바다로 내보내야하는 스승이어야 하고, 또 스스로 세상의 세파를 헤쳐 걸을 줄 아는 제자가 되었을 때 스승과 제자의 관계는 영원히 아름다움을 축조할 수 있을 것이라는 조언이 췌사(贅辭)로 들릴까? 한석봉이 명필이지만 그 글씨체만 모방한다면 그 결말은 초라한 모습이 될 수밖에 없다. 한석봉은 한사람이면 되기 때문이다.

오늘 우리 문단의 현상을 이런 병폐 하나가 더하여 점차 나른해지는 탁한 공기가 신선함을 외면하는 일로 영일이 없는 상황인 것 같다. 제자를 끌고 다니면서 세를 과시하는 일이 문인 선거판에서 위력을 숫자로 과시하고 이사(理事)를 득하는 모몰염치의 문학모리배들이 득시글거린다. 더는 문인의 단체장 선거에는 어김없이 돈의 위력으로 흥정─판을 좌우하는 몇몇의 꾼들에게서는 이미 직업이 되어버린 초라함도 따라온다. 문인의 숫자가 많아짐에 따라 이런 일들이 악화(惡貨)의 오물이 된 지 오래 되었으니 '이를 어쩌거나요'라는 춘향의 탄식이 절로 나온다.*

# 변 명

나는 지금까지 남들이 외면하는 일에 도전하면서 살아왔노라 말할 수 있는가? 이 대답은 기실 초라하다. 왜냐하면 내 삶에 덧붙여진 것이 너무나 보잘 것 없다는 결론 앞에 있기 때문이다. 그러나 곧게 자라는 나무의 슬픔처럼 올바른 말을 함으로써 받아야 하는 대가를 잘 아는 이제 돌아보면 허무가 앞서는 일이 모두이다. 그러나 후회는 없다. 내가 바른 일 앞에서 받은 일들이 모두 허무할지라도 나는 신념의 곧은 줄기를 세우면서 살았다는 자신감―참으로 자신감이 있기 때문이다. 이는 부끄럼 없이 지나왔다는 안도감을 내 스스로 느끼기 때문이다. 그렇다면 무엇인가? 빈약하기 짝이 없더라도 내 행동은 남이 보든 안 보든 내 식으로 살았다는 점에서 대답은 부족하더라도 내 인생의 답변이 될 수 있기 때문이다.

그 첫째는 내 이익을 위해서 나를 변화하는 일이 없었다. 카멜레온이라는 짐승은 환경에 따라 스스로를 변화함으로써 생존의 법칙이 있다. 그러나 계산하고 따지는 이익에 몸을 구부리지 않는다는 것이야말로 대단한 일이다. 권력 앞에 고개를 숙이지 않고 부잣집 대문에서 구걸하지 않는 다는 것은 내 문학의 푯대이자 내 인생의 중심이다. 거개의 사람들이 권력 앞에 비굴한 표정이 얼마나 무서운 일인가는 가히 생각할 필요가 없는 일이다. 그러나 나는 하찮은 직장에서의 불합리와 불의에 따짐이 없이 넘어가는 일이 없었다는—돌아보니 그렇다. 이 일이 직장의 상사에게는 얼마나 불편한 일인가는 인생을 돌아보는 나이쯤에서는 알게 된다. 내 이름자 앞에 수식사의 명칭이 없다는 일은 내세울 것이 없는 일로 치부할지 모른다. 그러나 나는 이런 현상에서도 자신만만한 치기(稚氣)를 당연으로 알고 살아왔다. 왜냐하면 인생은 긴 게임이고 이에 대처하는 일이 참된 가치라 여기면서 중심을 잡아왔기 때문이다. 살다보면 때로 선거에 나가 일정한 명칭을 얻고 싶은 유혹이 없는 게 아니었다. 그러나 그때마다 나는 나를 바로 보는 일에 열성이었을 때 거부로 살아왔다. 무슨 의미와 가치가 있는가를 따지면 인생은 허무가 정답이 된다. 아마도 나는 허무 쪽에 인생의 무게를 두고 살아왔는지 모른다. 아우성치고 떼를 몰아 계산하는 일에서 외면의 성미가 잘못된 일이라 생각하진 않는다. 나는 문학의 목표는 오로지 문학작품(文學作品)이라는 가치에 최종 목적지를 둔다. 때문에 무엇보다 많이 쓰고 열성으로 공부하는 일이야 말로 내 문학의 승리라는 생각에는 변함이 없다. 지금까지 이런 일에 열성이었으니 얼마나 성과를 올렸는지는 모를 일이다. 에피소드로 이름을 날리는 사람들의 문학은 거개가 실패라는 문패를 달고 스러지는 경우를 내 짧지 않는 세월에서 많이 보아왔다.

내 평생을 문학의 땅에서 호흡하고 살아왔지만 존경하는 선배를 많이 보지 못했음을 불행일지 모른다. 깊이 들어 갈수록 속물이었고, 제자를 제자로 알지 못하는 사람이 대부분이었고, 또 자리에 연연하면서 혹은 잡지사를 전전하면서 얻어먹을 일에 눈을 두리번거리는 선배들을 너무 많이 보아왔다. 존경의 뜻이 사라진 사람에게서 만나는 쓸쓸함은 일반인에게서 느끼는 배반의식과는 다름이 있다. 문학은 정신의 줄기이고 정신이 없으면 그는 이미 속물이기 때문이다. 아마도 문학에의 가치는 이런 희소성에서 오는 이름일지 모른다.

나는 내 문학은 대단함으로 호도(糊塗)하는 일에 식상(食傷)한다. 그러나 명문의 글을 날마다 쓰고 싶은 소망은 사실이다. 지금까지 많은 시를 썼고, 평문을 썼지만 하나도 마음에 다가오지 못하는데 어찌 독자의 심금을 울릴 수 있을 것인가 말이다.

이제 나는 내 문학에 대한 뒷날을 생각할 나이가 되었다. 물론 앞으로 20여 년을 더 살 수도 있고 그 동안 더 많은 글을 남길 수도 있다. 그러나 갈수록 신선미가 떨어지는 내 사고의 폭에 괴로움을 갖는 이유를 슬퍼한다. 위대한 천재의 작품으로 남고 싶은 소망이 부질없을 즈음에 갖는 절망은 이미 도를 넘었다. 하면 이제 어찌할까? 그렇다고 절필할 수도 없고, 또 글 쓰는 사람에게서는 절필이라는 말은 거짓이다. 글 쓰는 일에 휴식은 있을지 모르지만 글을 완전히 끊는다는 일은 거짓이기 때문이다. 더구나 늙으면 변화를 외면하고 고집을 완강하게 지속하는 일이 대부분일 때 앞날이 불안한 것도 두렵다. 그러나 내가 쓴 문학의 말들은 이제 초라함을 벗어나는 내 인생의 소망이 있다. 이는 결말을 무엇으로 마감할 것인가의 여부에 따라 앞에 있던 몸체는 빛나는 옷을 입을 수 있다는 비유가 남의 것이 아니기를 소망한다. 비록 내가 쓴 모든 작품들이 허접한 것이 된다하더라도 나는 결코 동의할 것은 아니다. 나는 내 신념으로 살아왔고 그 신념이 결코 비굴하거나 부당한 타협으로 살아온 이력이 아니기 때문이다. 비록 꽃미남이나 미녀의 꾸민 표정이 아닌, 있음 그대로의 표정이기 때문에 자신을 앞세운다. 이것이 내 문학에 대한 확실한 변명이다.*

# 글쓰기의 꼴불견

## 1. 약속 안 지키기

글을 쓰는 사람은 상상을 쓰는 것이 아니라 자기를 쓴다. 다시 말해서 뷔퐁이 말 한대로 '글은 곧 사람이다'라는 말―자기 자신을 말하는 길에서 상상의 조력을 받거나 체험의 보조를 통해서 표현되는 바―글은 곧바로 인격으로 통하고 작가의 전(全) 사상이 함축되어 나타나기 때문에 인간의 향기를 포괄한다. 일상에서 약속을 파기하는 사람은 글에서도 그렇게 나타난다. 작가의 성격이고 의지이기 때문에 글과 사람의 상관을 분리할 수 없는 이유로 돌아간다. 도둑놈이 명작을 남길 수 없고, 사기꾼이 진정한 감동의 글을 잉태할 수는 없다는 결론은 글이 곧 인간 자신으로 돌아가는 언어이기 때문일 것이다. 때문에 정신의 고매한 사람의 경우 좋은 글을 쓰는 조건에 합치되는 사람일 것이다. 성격에 따라 글도 그렇게 나타나는 점에서 보면 심리학적인 유추―문체학으로 분류되는 점이다. 성격이 급한가 아니면 느긋하면서도 태평한가를 글속의 흐름에서는 단번에 감지되기 때문이다.

나는 시간강사 생활에 고단한 시절 친구의 도움으로 80년대 보수를 대변하는 사회학 잡지에 편집장 같은 직책에 몇 달을 근무한 적이 있다.

운영자는 고대 교수였고 당시 목소리 큰 사람들과는 다른 일면을 추구하는 보수층의 필자를 구하기가 여간 어려운 일이 아니었다. 글을 쓰는 사람이 많은 것 같지만 정작 어떤 주제를 정하고 청탁서를 보낼 대상이 많지 않다는 사실에 놀랐다. 많은 필자가 있는 것 같지만 정작 청탁서를 보내고 다시 확인 전화를 해도 펑크 나는 일이 비일비재했다. 잡지에 근무하는 사람에게는 원고를 기일에 맞추어 주는 사람이 가장 고마운 사람이라는 것을 당시에 깨달았으니 글에 내 온 정신을 투척하고 사는 이 즈음에도 기일만은 어기지 않으려 한다. 그리고 아직까지 그런 실수를 저지른 경우는 없다는 것 또한 내 성격과 일치할 것이다. 설혹 유명하든 초보의 글꾼이든을 막론하고 약속은 항상 약속이기 때문이다.

나는 부탁을 싫어한다. 자기 글에 대단한 선전 문구를 달아―이런 경우는 섬머셋 모엄은 자기 소설의 내용과 같은 사람과 결혼하겠다는 광고를 낸 후에 선풍적인 베스트셀러의 경우나 시낭송장에 박수꾼을 대동한 빅톨 유고 등의 경우도 있듯이 유명을 지향하는 것은 당연한 일일 것이다. 그러나 뒷심이 별로 좋지 않는 능력으로 과장광고를 하는 것은 사기에 속할 것이다. 왜냐하면 알맹이 없는 내용으로 현혹하는 일은 분명 사기성에 속한 목록이기 때문이다. 하여 내 시집에는 해설을 안 붙이는 이유도 여기에 속한다. 물론 믿을 수 없다는 것이 일차적인 일이지만―시집해설은 시와 해설이 일치되면 다시 살아나는 작품―시인과 비평가 공히 두 사람이 영예를 얻을 수 있지만 대체로 작품을 이해하지 못하고 장황한 언어유희를 많이 보았다는 두려움에서 내 시집에는 해설을 첨부하지 않는다. 이런 빈곤은 지금까지 변함없을 것이다.

오늘 아침에 나는 황당한 경험을 했다. 신작시를 1년 동안 연재를 했더니 잡지사에서 내 작품과 비평을 싣고 싶다하여 비평가를 천거하라는 부탁을 받고 선배에게 약속을 받은 기일이 35일을 남겨둔―기간은 충분했다. 시집을 보내고 써주려니 하는 안도감으로 35일을 채웠다. 드디어 약속의 날 아침에 전화를 돌렸을 때는 황당함은 배신으로 돌아왔다. 시작도 안했다는 말과 그 사이 강연이라는 얼버무림을 말하는 그에게서 구차한 변명을 듣는 일이 부질없었고 짧은 시간이지만 아까웠다. 물론 내가 그의 부탁을 들어준 과거가 있기에 내 청탁을 무난히 갚으려니 했던 내 마음에는 상처가 씁쓸한 보답으로 돌아왔다. 그 사이 얼마든지 거절의 시간이 있었지만 왜 침묵으로 일을 망쳐야했을까? 초라한 변명에서 그가 사는 일에 연민을 보내는 내 마음에는 우울이 하루 종일 배회하고 있었다. 내 선배인 그는 오늘 우울할 것이다. 그러나 나 또한 우울의 숲에 들어있다.

내가 나 자신을 위해 글을 쓰는 일로 청탁을 받으면 그에 성실히 임해주는 일이야 말로 글의 내용을 압도하는 일이 될 것이다. 언젠가 좋은 글은 쓸 수 있지만 어긋난 약속은 인간을 초라하게 만들기 때문에 약속을 지키는 일은 글의 내용을 압도할 수 있는 확실한 변명이 될 것이다.


## 2. 허영의 글쓰기

글은 인격이란 명제로 보면 내용과 형식으로 갈래 잡을 수 있을 것이다. 좋은 글로 감동을 주는 경우는 전자에 속하고 임무를 다하지 못하는 일―요컨대 명칭에 적합한 임무를 수행하는 사람은 후자에 속할 것이다. 등단을 화려하게 치루고 난 이후에 폐업을 하였지만 정작 문패를 내리지 않고 행세하는 사람의 경우 허영의 글쓰기가 될 것이다. 아울러 뻔질나게 행사장에 얼굴을 내미는 경우 또한 대표적인 허영의 시장에 나온 장사치라는 뜻이다.

글은 직업이기 보다는 자기얼굴을 나타내는 문패이고 이 문패는 영속의 시간을 장악하는 시간의 언덕을 넘어가는 약속이라는 뜻으로 보면 자기에게로 돌아가는 내용―아무리 상상의 작업이 작동한다 해도 자기 고백의 한계를 벗어나는 일은 드물 것이다. 참된 나를 발견하고 그것을 지키기 위해 신명을 도(睹)하고 쓰는 운명적인 글이 되어야 한다. 무슨 사치품으로 혹은 목걸이나 귀걸이쯤으로 생각하는 글은 이미 자기 기만이고 위선의 행위가 된다.

글을 별로 안 쓰는 사람치고 바쁜 외출이 많은 사람이라면 아마도 글과 사람과의 교분이 빈번함은 상관이 있을 것이다. 술자리가 빈번하고 여기서 떠도는 세상 에피소드의 낙수(落穗)를 이곳저곳으로 옮기는 소식통이 대부분인 사람들이다. 이런 사람은 으레 선거판에 기웃거리는 일이 다반사인 사람이다. 이는 자기가 미는 사람이 당선되면 전리품을 챙기는 영악한 마음을 가지고 왜곡의 판세를 만드는 경우가 대부분이다. 문인에게 선거란 무의미한 행위이다. 물론 친목을 도모한다는 미명으로 시작했지만 대부분의 단체는 이런 우려에서 벗어나는 경우가 없다. 선거는 협의가 안 될 때 내세우는 원칙이기 때문에 최악의 경우엔 싸움이 결말을 맺는 일이기에 지성의 광장에서는 선거란 필연적으로 우려를 생산할 뿐만 아니라 파당적인 끼리끼리 의식을 장악하게 된다. 대학의 총장 선거 또한 아들 같은―혹은 아직 학문적으로 미숙한 사람에게조차 고개를 조아리는 일이 정작 공평과는 다른 경우가 될 것이기 때문에 반대를 분명히 한다. 만약 글 쓰는 일 이외의 에너지를 자기 글의 창조에 오로지 투입하였다면―고독을 견디지 못하고 술자리에서 삶의 위안을 마련하는 일이 그런 사람의 특징이다.

또 다른 끝 볼견은 문학상―작품의 성가(聲價)로 상을 받는 경우는 희소하지만, 알음알음으로 상을 받는 경우는 잡지의 많은 등장과 같이 이런 경우도 등장했다. 아마도 상을 안 받은 문인은 이상한 것 같은 괴인(怪人) 문인일 것이다. 결국 글 쓰는 일은 자기의식의 성(城)을 구축하는 일이고, 이 일은 어떤 가치보다 우선하는 점에서 고귀한 일이다.

모자나 삐뚤어지게 쓰고 허영의 의상을 걸치고 배회—글 쓰는 일에 몰두하지 않으면 의당 문인의 명단에서 스스로 벗어나는 것도 용기가 될 것이다. 이른바 절필이라는 마지막 상황은 자기를 구원하는 시간을 허여할 수도 있기 때문이다.*

# 글 공장

　내가 <문학세계>, <시세계>와 인연을 맺은 것은 관철동에 사무실을 차린 날부터 주간이라는 이름으로 시작되었다. 고 박남훈 시인이 창간을 했고, 나는 무엇을 하는지도 모르게 주간이라는 이름을 부여받았다. 물론 주간을 천거한 사람은 이 또한 돌아가신 정공채 시인이었다. 아마도 문학에 깐깐한 글을 보고 천거한 이유라고 들었다. 어떻든 10여 년 동안 주간(主幹)노릇을 했고 이 잡지는 이후 여자시인인 김천우가 맡아서 운영하고 있다. 이 여자의 제목이 긴 첫 시집에 해설을 써준 인연으로 다시 주간의 명칭을 유지하고 있었고 대학의 바쁜 일이 몰려오자 그만두었다. 글 공장이라는 말을 붙여준 사람은 김천우였다. 기실 하루 아침에 해설 한 편을 뚝딱해치우는 것에 감탄한 말이었다. 물론 60여 매를 쓰는 일은 일주일 가량 걸리겠지만 나는 만 24시간이면 한 편을 쓰는 속도전을 일컫는 말이었으니 이 칭호는 내게 적합한 이름일 것 같다. 나는 그렇게 속도전으로 글을 완성하기 때문이다.

　글 쓰는 사람이 많은 글을 쓰는 것은 행복한 일일 것이다. 다만 글의 질(質)에 대한 문제는 차치하고라도 많은 글을 쓸 수 있다는 것은 에너지가 있어야하고 열정이 우선하지 않으면 생각할 수 없는 일이기 때문이다. 이는 글 쓴 사람의 성격과 상관이 있을 것이다. 무언가의 목표를 달성하지 않으면 마음이 불편하거나 또는 자신과의 대결로 몰아 승리자의 기분을 만끽하기 위한 승부욕의 일들이 작용하는지도 모를 일이다.

흔히 논문을 쓰는데도 제자들에게 자료를 부탁하여 정리만 하는 교수들이 태반인 실정을 감안─그런 교수들이 대학을 퇴직하면 아예 저서의 이름이 희소해지는 경우 거반이 조력으로 글을 쓰는 사람들이다. 그러나 나는 제자의 도움으로 논문을 써 보지 못한 일이 모두이다. 지금도 원고 청탁이 오면 혼자 신명이 지피는 일로 재미를 갖는다. 물론 여기엔 원고료라는 쏠쏠한 재미가 따라오기 때문이기도 할 것이다. 550여 명이 넘는 시인에게 해설을 써 주었으니 그 액수는 이른바 억대라는 말이 정확하다. 물론 30여 년의 연한이 있지만 실로 그 액수는 적잖은 금액인 것이 사실이다. 세금을 포탈했으니 나는 장관후도 청문회에 간다면 호된 신고식을 치룰 것이다.

내가 시를 쓰면서 비평이라는 장르를 왕래하는 것은 내 시 쓰기에 지대한 영향을 주었고 시의 끈기를 이어가는 요소가 된 것도 사실이다. 왜냐하면 남의 글을 읽으면서 나를 바라보는 일이 다반사이기 때문이다. 자기 글의 함정에 빠지면 흔히 만네리즘에 젖게 되고 이런 징후는 흔히 감수성의 포로에 붙잡혀 헤어 나오지 못하는 일이 된다. 글 쓰는 사람은 끝없는 에너지의 확충이 있어야 하고 이런 소통의 공간에서 비로소 좋은 수식사를 부여받은 글이 나올 수 있기 때문이다.

나는 일 년에 시집 한 권과 비평집 한 권을 낼 수 있는 여지가 글 공장의 가동에 있다. 심지어 일 년에 3권의 비평집을 발간할 수도 있었던 열정은 나의 성미에 있을 것이다. 퍼내고 다시 퍼내도 끝도 없이 솟구치는 글의 진행은 항상 현재 진행형이고 이를 위해 나는 쉬지 않고 글을 생각한다. 부지런이고 열정이 결합하면 목표는 달성된다.

그러나 나는 항상 내 글 앞에 절망한다. 좀 더 시원하고 훤히 트인 글을 쓰고 싶은 마음이 항상 채워진 불만의 목록이다. 이 또한 만네리즘의 같은 길을 되풀이하는 것 같아 아픈 고백으로 남는 일이 될 때, 좌절의 시간이 많아진다. 마치 마셔도 마셔도 갈증이 소멸되지 않는 여백이 넓어지는 것은 내가 그만큼 글에 대한 스스로의 불만으로 돌리는 부분일 것 같다. 글 공장의 사장에서 이제 회장쯤으로 진급할 때도 된 연한이 되었지만 내 소견의 옹졸함과 재주가 없는 일로 나는 한계 앞에 서성이는 글이 모두이라는 생각에 이르면 좌절은 더욱 깊은 우울로 진행된다. 그러나 이제 인생의 깊이를 방문하는 나이에서 욕심이 지나치면 안 된다는 경계의 조언이 따라붙으면 위로의 목록을 채우는 일이 되지만 만족과는 거리가 벌어진다. 많은 글을 쓰면서 만족으로 진행형이 된다면 얼마나 좋을까만, 부족함이라는 생각에 이르면 나의 글 공장 운영은 회장 진급이 없어도 항상 졸병에서 끝나는 일이 되기 때문에 더욱 많은 진행의 여백이 앞서는 이유가 될 것이다. 다만 기력이 떨어진 일로 하루 10여 시간을 책상에 앉아 컴퓨터를 두드리는 일이 불편해지는 체력의 신호가 나의 욕망을 제어하는 이름이 되는 것 같아 기실은 더욱 안타깝다.*

# 환경과 글

　나는 "비켜라, 운명아 내가 간다"를 되뇌면서 젊은 날의 고뇌를 삭이는 세월을 보냈다. 그러나 나이가 들어 이젠 '운명아 나를 이끌어다오'라는 자세로 바뀐 것 같은 생각이 지배적이다. 그만큼 젊음의 패기와 용기가 사그라진 것 같은 의식이 앞서는 일이라면 과연 삶의 정답은 어디에 그리고 무엇을 짧게 정리할 수 있을 것인가? 한 평생을 이끌고 가는 인자(因子)가 무엇인가에 이르면 당혹스럽다. 비교적 생각하면서 살아온 나도 이젠 헷갈리는 길에서 서성이는 일이 모두인 것 같음이다. 하루 종일 글쓰기와 살다보니 역동성을 잃고 외출을 삼가는 일이 마음을 루즈하게 만든 것은 아닐까. 찾아오는 사람은 매우 반갑지만 내가 외출을 하는 일을 극도로 삼가는 이 일이 내 성미와 연결된 이유일 것이고 또 자연 행동을 그렇게 옭아매는 역할을 했을 것 같다. 돌아보면 나의 삶은 항상 주저와 망설임 그리고 타협을 거부하는 외고집이 때로는 나를 섬으로 만들었다는 생각에 이르기도 한다. 그러나 젊은 날은 정의(正義)를 위해 나 자신을 버리는 것을 당연함으로 생각하면서 살아온 궤적은 옳았던 것 같다. 지방 대학의 심포지엄에서 사회정의와 자유라는 제목으로 참가했던 일이 아마 대학 3학년 때였을 것이다. 당시는 일본의 매판자본에 대한 들끓던 시절에 무슨 사회정의와 자유를 들고나간 내 주제는 이미 중심에서 벗어난 유행이었기 때문이다. 그런 생각은 항상 내 뇌리를 점령했던 일이었고 이런 결과는 내 삶의 중추라는 줄기를 형성했던 일이 아니었을까.

환경은 항상 인간을 지배한다는 의미는 언제나 통하는 어휘일 것이다. 굳이 무슨 학설을 거론하지 않아도 인간이 짐승과 어울리면 짐승의 행동밖에 아는 것이 없고 고도한 문명 속에서 존재를 이어가다보면 고도한 문명의 영향을 받는 것은 당연한 일이 될 것이기 때문이다. 복잡하고 어수선한 도시생활에서 살다보면 사고의 형성이나 행동의 양식이 그런 분위기에 반응할 것은 당연한 일이기 때문이다.

시골 생활에 익숙해지다 보니 이젠 도시의 분위기가 낯설어진다. 메스 컴에서 고향을 그리워하는 말들을 듣다보면 이질감을 느꼈던 지난 일도 이젠 이해하게 되었다. 그가 태어난 최초의 분위기를 잊지 못하고 거기로 돌아가고 싶은 수구초심(首丘初心)의 마음은 원초적인 일이기 때문일 것이다.

도시를 떠나면 글도 도시를 탈출한다. 이는 내가 글을 쓰면서 느끼는 확실한 감각이 동원하기 때문이다. 풀들을 바라보는 시선이 과거와는 다르고 새들이 창공을 나는 것을 보거나 밤이면 달빛이 방 안으로 녹크도 없이 들어오는 방문객과 마주앉으면 어느새 나의 의식은 이런 분위기에서 벗어나지 못하고 포로가 된 느낌을 갖기 때문이다. 글이 부드러워지고 어느새 변화한 것을 감지하게 된다. 그렇다고 노동으로 생계를 꾸리는 일이 아니고, 편히 연금을 받으면서 살아가는 노년의 모습에 글은 언제나 대기상태로 나를 기다리는 것 같다.

어느 예술기관에서 창작을 위한 시간을 할애하여 매주 만나는 모임 —그들과의 호흡이 재미있는 것—매주 숙제로 글을 써오는 소재들이 도시와는 전혀 다름을 느낀다. 실제로 흙 묻은 이야기나 산천의 호흡이 느껴지고 그런 사람들의 목소리에는 기계적인 감수성이 아니라 투박할지언정 따스함이 묻어있다. 때문에 일주일의 반복이 즐거운 것도 그런 분위기에 젖어진 나의 정서인 것 같다.

물론 사람의 본질로 들어가면 이기심과 욕망의 본질이 없는 것은 아니지만 겉으로 나타난 모습에서는 도시의 칼칼함과는 다르다. 그러나 시골에 정착하여 살기란 지난한 것이 사실이다. 며칠 전에는 정착한 소설가를 만나 담소를 나누는 가운데―떠나고 싶다는 농담을 들었다. 왜냐하면 으레 마을에 무슨 일이 있으면 당연지사처럼 손을 벌리는 일이 비일비재할 때 귀찮다는 것 또한 사실이기 때문이다. 이를 텃새라는 말로 말하지만 내면으로 들어가면 심각한 문제인 것은 익히 들어서 알고 있는 일이다. 시골의 정착이란 그 시골의 정서와 일치하기가 어렵다는 결론에 이른다. 무조건 막걸리를 마시는 일이나 마을의 대소 행사에 참여하기란 도시적인 체질에서는 거북스럽기 때문이다. 서로를 배려하는 일이 있다면 원만하겠지만 이런 원만적인 배려는 매우 귀하다는 점에서 갈등이 있게 된다. 그러나 글을 쓰는 일은 간섭을 받지 않고 친화하는 점에서 차별이 없다. 결국 얻을 것은 얻고 간섭을 외면하는 일이야 말로 얻어질 수 있는 소득이라면 나는 그런 소득의 주인이라는 점에서 행복하다. 더구나 인생 말년에 이름 있는 사람의 설계로 내 집 문사원(文士苑)을 지었고, 큰 서재에서 내 마음이 여행을 자유자재로 할 수 있는 풍경―멀리 산이 보이고 마을이 조을고 있는 내 서재는 나의 삶의 최상의 집약적인 상징이 내 것이기 때문이다.*

# 글은 자기를 쓰고, 자기만큼 쓴다

세상을 살다보면 가장 모르는 일이 사람이다. 하여 열 길 물속은 알아도 한 길 사람 속은 모른다했던가. 그러나 글을 쓰다보면 이런 일을 한마디로 정리하는 일이 가능해진다. 글은 결국 자기를 고백하는 일로 시작해서 자기를 합리화하는 일에 열성이기 때문이다. 그러나 자기만큼 쓴다는 일은 자기의 수준만큼 글을 쓴다는 의미일 것이다. 아무리 부풀리고 자기를 위장하더라도 결국 자기만큼의 수준을 벗어나는 일은 불가능하기 때문이다. 그러나 인간은 항상 변명과 위장이라는 방법을 교묘하게 동원하는 일에 열성이지만 이런 일은 결국 벗겨지는 운명 앞에 선다. 그렇기 때문에 정의는 이긴다거나 진실은 승리한다는 말을 서슴없이 할지라도 항상 당연한 귀결을 믿음으로 승화시키는 일이 있어왔다. 글은 자기의 거울이고 그 거울을 설혹 돌멩이 하나로 잠시 흐려놓으면서 그 속에 숨는다 해도 그 물은 언젠가 맑음으로 돌아가는 수순을 계속하는 일에서 위장할 수 없는 일이 진행되기 때문이다.

나는 남의 글을 읽음으로써 그 사람 정신의 모습을 연상하는 비평의 글을 많이 써왔다. 혹자는 진솔하면서도 자기를 모두 드러내는 사람이 있는가하면 더러는 철저하게 은폐하는 시도를 볼 때면, 어렵다는 말이 최종 결론에 도달한다. 자기를 과시하는 사람이 되고 그러다보니 부풀리는 복어의 흉상으로 다가오는 모습—그가 살아온 환경이 주요한 함량으로 생각될 때 그의 글에서는 역부족의 아쉬움이 남게 된다. 그러나 삶은 결국 자기만큼 살고 가는 운명을 외면할 수는 없을 것이다. 아무리 부풀리는 일이 있더라도 결국 한계 앞에 서성이는 일이 고작이기 때문이다.

너무 큰 옷을 입으려는 사람은 그 큰 옷 속에 들어가 결국 자기의 얼굴을 잊어버리는 사람으로 전락한다. 옷은 자기의 몸에 맞을 때 비로소 맵시와 때깔이 나오는 일이지 무조건 큰 옷을 입으려는 발상에서는 자기의 파멸을 불러오는 일이 진행되기 때문이다.

그렇다면 자기를 아는 일—자기의 수준을 알아차리는 일이야 말로 진정한 글쓰기의 요체를 아는 사람일 것이다. 저급하면서도 수준미달의 글 꾼들이 횡행하는 것을 보노라면—이런 사람치고 온갖 호사스런 장식(粧飾)을 하려는 경향이 다분하다. 장식 하나도 자기와 알맞은 수준이 될 때 비로소 살아나는 의미를 공유하게 되는 일은 글이라 해서 다름이 없을 것이다.

지금 내가 쓴 비평은 넘버 550에 도달했다. 아마도 500여 명의 글을 읽으면서 그 최종 결론은 사람을 나타내는 일이 된다는 확신을 정리할 수 있다. 이런 심층심리의 저변을 이해하기 위해 처음엔 어지간히 힘겨운 씨름도 했지만 지금은 읽으면 금시 어떤 사람인 지 혹은 어떤 어린 시절을 보냈는지를 알 수 있는 지경이 되었다. 그렇다고 내 글이 완벽하게 대상을 알고 쓰는 의미만은 아니다. 대체로 틀림없을 것이라는 수준의 연습을 많이 했다는 말이 정확할 것이다. 이런 결론에서 "글은 자기를 쓰는 일이고, 또 자기만큼의 수준의 글을 쓰는 일"이라는 말이 정리된다.

제일 어려운 글이 자기를 위장하는 그리고 현란한 수식으로 치장하는 시이다. 이런 시들을 쓰는 사람치고 어지럽지 않는 사람—대개 만남이 없이 청탁을 받는 경우가 허다하지만 풍편으로나 실재로 만났을 경우 거의 정확하다는 의미이다.

그렇다면 나는 어디에 속할까 저어(fear)하다. 왜냐하면 나 또한 첫 번째의 진솔과는 거리가 있는 글을 쓸 수 있다는 점이다. 특히 고도의 지식을 갖춘 사람치고 자기방어기제가 철저하다는 의미를 더하면 나 역시 그런 추측이 가능하기 때문이다. 이런 고백을 한다 해도 쉽게 고쳐지는 일과는 거리가 있다. 이는 오래전부터 내 생활의 방편에 쉽게 길들어진 일 뿐만 아니라 살아온 도정이 그렇게 만들어졌다는 변명이 있을 것이기 때문이다. 어린 날부터 내 인생은 굴곡의 방황이 자심(滋甚)했었고 그런 성장의 결말이 오늘의 나를 만들었기 때문이다. 그러나 내 인생의 노년은 행복하고 여유롭다. 마치 젊은 날은 오늘의 노년의 평안을 위해 그렇게 설계된 고통의 나날이었다는 듯 생각된다. 그렇더라도 나의 글쓰기는 결국 나로 돌아오는 모습이라는 가정을 정리하는 것 같아 불만이 앞장선다. 오늘도 타인의 글을 바라보는 나의 시선은 '어떻게' 라는 방법 앞에 고민한다. 가급적이면 좋은 면을 부각하기 위해 그런 요소를 찾아 방랑하는 일이 다반사이지만 어쩔 수 없는 표현의 벽 앞에 서성이는 일이 마냥 좋은 것만은 아니다. 좋은 모습을 찾아내려는 내 노력은 침침한 눈이 가로막는 무지와 키가 동등하기 때문이다.*

# 글쓰기와 직업

나는 대학에서 강의를 하면서도 꾸준히 글을 쓰는 일로 모든 생활을 마감했다. 물론 내 대학생활 15년과 강사 7년여를 합하여 글이 내 곁을 떠난 적이 없는 생활이었다. 다시 말해서 글을 쓰는 일이 내 삶의 전부가 된 것은 기실 강사생활이 결정적인 역할을 했던 것 같다. 왜냐하면 하루나 이틀 혹은 3일의 강의를 마치고 나면 내가 할 일이란 집에서 글을 쓰는 일이 유일한 소일거리가 되었기 때문이다. 물론 연구실을 갖고 사는 전임생활에는 내 방이 따로 있으니 글을 쓰는 분위기가 조성되었지만, 강사생활은 이나저나 외롭고 고달픈 삶―젊은 교수의 눈총을 받으면서 시간을 때우는 일이 여간 아픔이 아니었다. 그래서 전임교수가 되는 일은 괄호 안에 들어가는 일―너무 똑똑하다는 평판이 나도 안 되고, 연구업적이 전임보다 뛰어나도 안 되고 오로지 전임교수들보다 못한 척 혹은 부족한 척 생활해야만 안심하고 받아들이는 풍토가 되기 때문이다. 막상 내가 교수가 되고난 후 이런 풍토를 다소 이해했다해도 버려야 할 일이지만 인간관계이기 때문에 자기보다 월등한 사람을 쉽게 받아들이지 못하고 철조망을 치는 이유가 있을 수밖에 없다. 그러나 내가 겪은 경험은 지독히 뼈아픈 것이었다. 나이 50여 세에 전임이 될 수 있었던 그 아득한 풍경을 상상해보라. 지금 그 사람들은 초라한 모습이 늙은 교수가 되어 세월의 등성이를 넘고 있는 것 같다. 사람의 일생은 더하고 뺀다 해도 모두 비슷하다는 운명의 결말이 있을 뿐이다. 한발 앞섰다 해서 영원히 앞선 것이 아니고 뒷자리에 앉았다 해서 내내 뒷자리의 주인공일 수없는 일이 삶이라는 점이다. 나는 늦게 피어나는 사주팔자인지 몰라도 늦깎이 교수가 된 이후까지 글 공장의 주인이라는 자리를 차지할 수 있는 이유는 강사생활의 고독이 원인이 된 것 같다. 편도 4시간여의 기차를 타고 강의를 마치고 오후 5시 안동역에서 기차를 타고 서울로 올라오는 강사시절엔 많은 시를 기차 속에서 쓸 수 있었고, 역시 4시간이 소요되는 경주 동국대 때엔 술을 후배들과 많이 마시던 기억이 주마등같다. 문제는 주어진 여건을 어떻게 사용하는 가의 적절한 배분의 시간처리가 중요함일 것이다.

　이런 계산을 하다 보니 내 운명의 위안도 되고 또 잘 살아왔다는 안도감이 되는 것도 같다. 어떻든 많은 비평문과 많은 시를 결론으로 남겨놓고 있기 때문이다. 나는 누가 뭐라 해도 많은 글을 썼고 많은 비평으로 타인의 세계를 섭렵한 것을 자랑으로 생각해도 손색이 없다는 자화자찬을 한다. 조교나 학생을 시켜서 논문의 조력을 받은 적도 없고 오로지 나 혼자 쓰고 생각하고의 생활을 해왔기 때문이다. 슬픔은 잠시 왔다가는 나그네로 생각하면 운명의 주인공은 바로 내가 된다. 그러나 꽉 막힌 40대의 처절한 운명 앞에 죽음을―자살을 생각했던 적도 있었고 그런 내 자신에 한없는 저주를 보냈던 적도 있었다. 캄캄한 운명 앞에 탄식이 벽처럼 다가왔을 때, 나는 절망했고 그 절망 앞에서 너무 고독했었다. 그러나 시간의 등성이를 넘으면 언젠가는 화려하지는 못하더라도 만족을 느끼는 시절은 반드시 온다는 점이다. 이런 운명의 전환은 순식간에 오고 진행형이 될 수 있기 때문에 준비하는 삶의 길은 만드는 자세가 있어야 할 것이다. 결국 나는 은퇴 이후에도 많은 청탁 앞에 즐거운 비명을 지른다. 원고의 분량이 올라간다는 즐거움과 여기에 따르는 원고료의 쏠쏠함도 예외가 아니고 더불어 명성도 다가온다는 부수입이 있다. 그렇다면 나는 지금 전원생활의 호사를 누리면서 살고 있음이 모두 강사시절의 곤고함이 원천이 되어 오늘을 맞이한 것이리라. 화려한 내 서재(書齋)앞에 방문자들은 탄성-그 경치에 그렇고 많은 저서 앞에 경외(?)의 모습이 될 것이리니, 얼마나 노년을 잘 보내는가 말이다. 또 넉넉히 살 수 있을 만큼 여유가 있으니 무슨 걱정이 있는가? 더구나 취업 걱정이 없는 자식들의 평안도 내 삶의 만족을 주는 원인이다. 자식은 있음으로써 만족할 일이다. 아들이 그리고 딸이 잘 살면 그 것으로 부모에 큰 힘이 되기 때문이다. 경제적인 도움을 받는 것이 아니라 내가 아이들에 도움을 줄 수 있는 내 삶의 설계는 기실 빛나는 결과로 남았다.

이제 남아있는 고민은 내가 죽고 난 후에 어떤 모습으로 마지막을 장식 할 것인가에 생각이 미치고 있다. 하여 오늘도 아내와 노송산의 등산을 마치고 원경사 경내에 영혼탑을 들러보고 내 나름의 설계도를 그리고 있다.

내 운명의 등성이는 짧은 작별의 시간을 남겨놓고 있다. 물론 20년이 될 지 아니면 10년이 될지는 모를 일이지만 준비를 앞서하는 내 성미는 지금도 분주히 움직이고 있는 것은 사실이다. 내 살아오면서 남을 괴롭히지 않았고, 남에게 의지하지 않았고, 오로지 내 힘으로 버텨온 길이 대견하다. 이런 결말은 내가 나에게 열심이었다는 대답이면 내 아내 앞에서는 너무 오만한가?*

# 바람으로 지나온 나의 문학

### 1. 홀로의 길 찾기―서점주인

가령 사자의 몸뚱이는 양만으로 이루어진 것도 아니고 온갖 짐승을 먹고 사자라는 무서운 동물이 되었다는 말을 상기하면, 내겐 스승이라는 말 앞에 머뭇거리는 일이 맞다. 즉 딱히 한사람의 스승을 거론할 수 없는 이유 때문이다. 피난시절 초등 5학년 글짓기 시간에 칭찬을 해주셨던 이성원 선생(유일하게 존함을 아는 선생님이다)을 위시해서 중 · 고등학교까지 나를 인도했던 모든 선생님들이 결국은 오늘의 나를 있게 한 동인(動因)이라면 나는 아무래도 한사람의 스승을 꼽을 수는 없을 것 같다. 또한 대학시절의 환경조차 내겐 문학적인 생각보다는 오히려 문학외적인 곳에 관심을 갖고 있었고―당시에 문학을 하는 친구들과는 어울리지 못하는 내 성미의 괴팍(乖愎)함이 유달랐던 일도 스승이 없는 일에 한몫을 했던 이유가 되었을 것이다. 지금 돌아보면 불경스러운 일이 될지 모르지만 마음에 안 드는 교수의 강의에 설익은 논리를 앞세워 말질하는 일이었고―이런 일로 나의 대학 4년은 정의를 실현하는 방법 찾기에 흔들리는 세월이었으니 문학의 길은 정작 외면하는 시절이었다. 전국 대학생 토론에 참석하는 등……

그러니까 내가 문학을 하게 되는 원인은 차라리 운명적인 일로 치부하면 정확할지 모르겠다. 다시 말해서 타의적인 문학의 훈습(薰習)보다는 생존과 결부된 일로 우연히 문학의 바다에 일찍 접근했다는 말이 정확한 뜻이 될 것이라는 말이다. 이제 그 길로 찾아 들어간다.


2. 운명의 문학공부


나의 문학 줄기는 피난으로 시작된다. 1950년 6월은 내가 북아현동 꼭대기의 북성초등학교 3학년이었다. 단란하고 행복하던 우리 집은 9.28 서울 수복의 날, 아침에 남산도서관근처에 있는 굴−지금은 막혀 있는 단군굴에서 형이 유탄으로 돌아가시고 집안이 풍비박산의 전화(戰火)를 입고, 남으로 피난길을 재촉하다 정착한 곳이 남쪽 바닷가 목포였다. 터벅거리는 피난길에 가다 머물면서 학교에 들어가고 다시 머물면서−이런 반복 속에 정착한 남쪽의 작은 도시는 내게 운명적인 선택으로 자리 잡았다. 생존을 위해 아버지가 시장에서 온갖 장사를 하는 사이 당시 근(斤) 떼기로 고물을 사는 일이 우연히 헌책과 마주하는 일이 되었다. 고물장수들이 가져오는 헌책을 책꽂이에 꽂아 놓으면 지나는 사람들이 사는 일−한 권만 팔아도 너끈히 산값을 상회하는 일이 책 장사로 발전하게 되었다는 우연이다. 책꽂이를 늘려 점차 헌책서점이 되었고 이런 장사는 점차 확대일로를 걷고 번성했으니, 목포 죽교동 시장 백제약국 모서리에서 처음으로 헌책서점의 시발이 되었던 아이러니다. 한학을 아시는 아버지보다 아무래도 나는 신학문을 하는 처지이니 자연 나의 몫이 서점의 중요한 자리를 차지하는 위치에서 주인이 된 셈이다. '당구(堂狗)삼년에 폐(吠)풍월'이라고 당시에 중학교 영어교과

서인 '유니온'이나 '스탠다드' 그리고 '포켓'영어사전 등을 찾고 알아차리는 내 어머니는 한글을 모르는 처지였지만, ㅡ맹모의 삼천지교(三遷之敎)처럼 환경은 인간의 운명을 바꾸는 법이다. 책 속에 있으니 자연책들이 손에서 들락거리게 되면서 읽게 되는 상식의 일과 장사로 생존이 병행하는 일이 아우르게 되었다. 아마도 그때도 만화 박종래인지모르지만 순정만화에 빠지는 독서의 진도가 점차 ≪학원≫(學園)을ㅡ찾아 읽고 하는 일이 난독으로 빠져들었다. 닥치는 대로 소일거리 겸생존의 방법이 되었고ㅡ읽을거리는 당시에 엿장수가 가져오는 고물헌책ㅡ무한으로 공급되는 처지였으니 나의 설익은 문학의 냄새는 밥이고 죽이고 가릴 처지가 아닌 남독(濫讀) 그것이었다. 당시엔 불량서적인 ≪벌레 먹은 장미≫는 남모르게 읽었고, 방인근의 ≪간호부의 고백≫, ≪마도의 향불≫ 김말봉의 ≪찔레꽃≫ 등은 쉽게 읽었다. 하루에꼬박 500여 페이지의 책을 읽고 야간학교로 가는 일상이었고, 중3 무렵 때는 보리스 파스테르나크의 노벨상 수상작(1957) ≪닥터지바고≫를 이 때 이미 읽었으니, 내가 지적 오만의 함정에 빠지는 이유가 이 같은 설익은 조숙성에서 비롯되었다는 점이다. 이 무렵 나는 톨스토이의≪인생독본≫ㅡ365일로 나누어 명작 명구를 모은 책을 날마다 읽어내는 끈기를 갖고 있어ㅡ지금도 이 책을 가지고 있다. 이후 민중서관에서나온 34권(?)의 한국문학전집을 모두 읽었고, 이후 점차 외국소설이나작품을 섭렵하는 일이 나의 일과였다. 키엘케골의 ≪이것이냐 저것이냐≫, ≪죽음에 이르는 병≫ 등이나 니체, 사르트르, 이해도 힘겨웠던실존 철학책에 발을 담그는 이런 생활은 내가 대학을 진학하기위해 다시 서울로 이사하면서ㅡ서울역 뒤 만리동 서점과 동국대 국문학과와인연을 맺는 시발의 전초였던 셈이다. 그러나 대학에서 배우는 일은 이미 들었던 말들이었고, 읽었던 내용들로써 시들했고 흥미를 잃었다는 편이 옳은 표현이었다. 치기(稚氣)와 설익은 오만(傲慢)의 함정에 빠진 나였다. 그러나 조연현 선생에는 그 명료성에 끌리었고, ─다른 교수들에게는 별다른 흥미를 갖지 못했음도 돌아보면 우울한 일이다. 하여 내 첫 시집의 서문은 조연현선생이 써주셨다. 그리고 이런 영향으로 뒷날 비평의 문을 두드리는 원인(遠因)인지는 모를 일이지만 내 대학의 추억은 빈약하고 '혼자'하는 길이었음이다.

　돌아보면 사숙(私淑)이나 훈수(勳修)를 모르고 살아온 일이 불행하고 후회스럽다. 왜냐하면 좋은 스승을 만나면 그 학문의 길은 첩경(捷徑)을 확보하는 일이요, 좋은 친구를 만나면 인생의 길이 보다 수월하고 편하다는 교훈을 대입하면 나는 아무래도 천둥벌거숭이의 문학에 외로움이 깊다는 생각 때문이다. 갈 길을 멀고 해놓은 일이 없는 내 문학의 구상유취(口尙乳臭)는 이렇게 초라한 변명에 길들여진 자화상이 섧을 뿐이다. 허나 이도 돌아보니 그리움의 향내가 나는 일이기도 하다.*

# 글쓰기의 변명

땅 위에 새로운 것은 없다. 왜냐하면 모든 것은 있었던 것 그리고 있어야했던 것들이 어느 날 숨죽이고 있다 다시 나타나는 것일 뿐이다. 다시 말해서 현재의 인간이 과거를 잊거나 모르고 있었던 것들이 나타날 때, 환호(歡呼)하고 작약(雀躍)하는 모습을 보일 뿐이다. 때문에 지구상에 새로운 의미란 단어는 망각 혹은 무지의 덧개 위에 씌워진 명칭일지 모른다. 앞으로의 생명공학에서는 인간도 복제―신의 영역인― 물리학자 스티븐 호킹은 이런 입장에 반기를 들었다. 신에 의한 창조라는 말에 어긋난 대입을 미구에 실현할지 모른다. 그렇다면 인간 또한 모방의 이름으로 만들어낼 수 있다는 뜻일 것이다.

문학의 땅에서 창작―모방의 흔적을 완전히 지울 수는 없는 일인지 모른다. 비교문학의 설명에서 사자(獅子)의 몸은 토끼 몇 마리 혹은 기타 섭생하는 짐승의 숫자로 쪼갤 수 없는 이치와 같이 다양한 성분이 내포(內包)되어 사자라는 형상을 갖추게 된다. 그러나 사자는 사자이지 토끼가 들어있는 사자라는 말은 있을 수 없다. 그러나 인간을 복제한다 해서 예술 창작품을 복제한다는 것은 불가능한 일이 될 것이다.

글쓰기는 새로운 의미를 부여하고 찾는 일로 시작된다. 똑같은 사물을 바라보는 일에 식상하고 또 새로운 것을 찾아 신명을 돋우는 일이 문학의 소명이라면 시인이나 작가는 이를 위해 헌신하는 존재가 된다.

새로운 창조의 문을 열게 되는 것은 고뇌와 아픔이 수반된다. 이를 외면하고 잔재주로 쓰는 글은 생명력이 없다면 개성은 곧 창조의 본질에 이르는 의미일 것이다. 설사 새로운 창조의 결과물이 보잘 것 없는 결말에 이르더라도 무한 도전의 되풀이에서 새로운 의미는 눈을 뜰 수 있게 된다. 쓰고 다시 쓰고 그리고 다시 또 쓰는 일의 반복에서 성장하는 키를 느낄 수 있기 때문이다.

글을 쓰는 일은 새로운 의미를 찾는 일이 된다. 낡은 것을 답습하거나 남이 한 말을 쓰면 그것은 이미 맛없는 재탕이 되는 일이기에 감동을 줄 수 없을 뿐만 아니라 이는 글 쓰는 일이 아니고 베끼는 일이 된다. 때문에 새로운 아이템을 찾고 그것을 어떻게 표현으로 승화할 것인가를 고민하고 또 고민하면서 글을 쓴다. 물론 의미라는 말은 생각한 것을 어떻게 구조적으로 형성하여야 하는가의 기술도 내포된다. 글을 의식의 공학―구조적으로 만드는 기교의 예술이기 때문이다.

또 다른 명제는 감동의 탄생이라야 한다. 다시 말해서 글의 본질적인 추구는 감동에 생산에 있다면 그것은 곧 전체적인 균형 감각에서 나올 수 있을 것이다. 때문에 글 쓰는 사람은 정밀하고 치밀한 조화를 갖추는 일이 우선될 것이다. 논리적이면서도 감수성이 있어야 하고 과학적이면서도 비과학적인 그러나 치밀성이 우선되는 글이라야 한다. 여기엔 상식과 질서가 있을 때 글의 균형은 유지될 수 있다.

나는 글을 쓰는 속도가 빠르다. 보통 평론 한 편을 하루에 쓸 수 있는 속도이기에 글 공장이라는 별명을 듣는다. 이는 성미에서 오는 것처럼 보이면서 좋아서 하는 일이라는 뜻이 더 강조되어야 할 것 같다. 그러나 매번 쓰는 일이 모두 명작은 아니고 항상 불만이 결과물로 다가온다. 이는 어떤 의미를 창출했는가를 자문하면 더욱 부끄러운 결과

앞에 당도한다. 그러나 워낙 많은 연습을 하면 자연 속도는 붙게 마련이고, 달관의 경지를 맞이하는 것이 세상사의 이치로 돌리면 내 글쓰기는 남보다 약간 부지런하다는 말로 자위하고 싶다.

청탁의 원고 날짜를 어긴 일이 없다는 자위는 무엇보다도 내 성미를 나타내는 증거—이것 또한 내가 글을 쓰는 일에 재미를 갖고 있다는 일이 되리라. 그러나 더 깊은 비밀은 글을 쓰는 일은 원고가 모이면 저서의 부피가 늘어나는 자랑이고 두 번째는 원고료 받는 재미 또한 버릴 수 없는 일이다. 이른바 누이 좋고 매부 좋은 일이 내가 글 쓰는 일의 모두일 것이다. 그러나 본질로 돌아가 내가 쓰는 글이 얼마나 감동을 생산하는가 다시 말해서 어떤 의미를 제작 했는가 에서는 할 말이 없다. 내가 나를 알 수 있는 객관적인 가늠자를 갖지 못했기 때문이다.*

제4부

은퇴

# 합격

'시험에 들지 말게 하옵시고…' 성경에 이 구절은 아마도 실제의 일상적인 시험이라는 말과는 다른 의미일 것이다. 어떻든 시험이라는 말에는 누구나 묘한 뉘앙스를 가질 것이다. 왜냐하면 시험이라는 관문은 누구에게나 의외의 행과 불운을 가져왔다는 경험이 있을 것이기 때문이다. 아무리 머리가 좋은 사람도 시험 앞에서는 엄숙해지고 머릿속 지혜를 동원하여 돌파의 의지가 있을 뿐 누구나 두려움을 갖기 마련이다.

인간이 살다보면 무수한 시험의 관문을 지나온 것을 헤아릴 수 있을 것이다 운전면허시험을 위시해서 대학 그리고 대학원 이어 취업의 시험 등 개인의 소망을 위루기 위해 높은 언덕을 답파하려는 의지는 끝이 없을 것이다. 물론 학업의 성취를 위한 시험과 자기영달을 위한 시험에 구분이 있을까만 시험은 어느 이름이거나 부담의 무게가 있기 마련이다.

내 나이에 따지고 보면 중·고·대학 그리고 대학원 등 많은 시험에서 소망의 길을 만들 수 있었음은 기실 시험이라는 난관을 돌파한 덕인지 모른다. 그러나 가장 기억에 저장된 시험은 운전면허 시험일 것이다. 물론 학과는 무난히 통과했지만 학원에서 실기교습을 받을 때 그 위축의 도는 지금도 잊을 수 없는 기억이었다. 기계를 다루는 일이야 나도 손방은 아니지만 교관의 지시에 조금만 어긋나도 수모(?) 같은 말의 폭력은 잊을 길 없는 일이었다. 이런 경험은 우리 집 모든 가족들이 회고하는 일이었지만, 그런 과정을 겪었기에 지금까지 모두 무사한 운전을 하고 있는지 모른다.

선생을 탓할 일이 아니다. 다만 자기의 문제로 돌리면 된다는 생각이면 편안한 마음일 것 이지만 기실 직면한 당시엔 긍정보다 부정 쪽의 판단 근거를 만들려고 헤아리는 것이 인간의 상정(常情)일 것이다. 그러나 교육에는 기교가 있기 마련이고 전달에는 기술이 있다. 똑같은 의미의 문제도 어느 방법을 선택하는가에 따라 상대를 설득하는 이해의 도는 다르기 마련이다. 오랫동안 선생을 해온 경험으로는 상대와 얼마나 소통의 문제 앞에 있을 것인가의 정도문제가 중요할 것이다.

우리 집 아이들은 모두 그만의 위치를 확보하는 시험에 통과한 경력을 갖고 있다. 그러나 막내의 마지막 자격시험은 고난의 연속이었다. 물론 최고의 자격을 공인받는 시험 앞에 항상 기도하는 마음이었고, 숨죽이는 기다림이 몇 번이나 반복하면서 초조의 극치를 방문하는 일이었다. 1차 시험은 대개 2월 말경에 치러진다. 그 앞에 항상 구정명절이 있기 마련이지만 1차에 대비하여 숨소리조차 내지 못하는 바, 떠들썩하게 명절을 보낼 수는 없었다. 이런 일이 한 해 두 해를 넘어가면 온통 가족 모두가 정작 시험 장소에는 안 갈지라도 오히려 당사자보다 더 불안과 초조를 경험하는 일이 되었다. 모든 행사에 예외자가 되었고 그런 일이 당연함으로 치부했다.

4월이면 1차 합격발표―그 이름은 더욱 반가운 일이었지만 다음은 2차―6월 말경―시행되는 4개월 동안의 공백은 무겁다 못해 바늘소리조차 들리면 안 될 정도로 시험 보는 당사자에게 경건(?)을 만들기 위해 일사불란한 나날을 보내게 된다.

　4일 동안의 2차 시험은 무겁다 못해 회의(懷疑)의 경지가 된다. '만약 이번에도…'라는 생각에 이르면 캄캄하다 못해 비관의 숨소리가 들릴 지경이다. 그리고 11월말 경에 발표 때까지는 그래도 기다림이라는 빛을 향한 설계로 보내는 시간의 위로를 받았다. 물론 당사자의 고통과 아픔은 말할 필요가 없지만 가족으로써 바라보는 일은 더욱 참담한 회의―왜 이런 시험을 볼 수 있는 방법을 선택한 운명인가를 수없이 되물었다.

　정작 발표 날짜는 초조보다는 기대가 배가되었다. 정작 인터넷을 통해 발표의 이름을 본 순간 모든 고통을 기쁨으로 일순간에 바꾸어지는 마음이 전환은 놀라운 일이었다. 그 사이 어둠의 긴 터널은 어느새 찬란한 빛이 다가오는 것 같은 변화로 이어졌기 때문이다.

　초췌의 수험생 얼굴이 환한 얼굴로 변하고 금시 힘이 솟구치는 모습으로 뛰는 모습을 보노라면 인생을 전환시키는 시험은 보람과 기대로 앞을 생각하게 되었다.

　인생은 자기 성취의 길을 가야 한다. 그 길이 어렵고 힘들면 그만큼 즐거움과 기대의 보람이 배가하기 때문이다. 사법시험에 합격함으로써 우리 집의 시험 관문은 일차 정리된 셈이다. 내가 체험해볼 수 있는 인생 여정에서는…….*

# 후배

후생가외(後生可畏)라는 고사성어가 있다. 이 말은 『논어』에 後生可畏,焉知來者之不如今也가 있고 『逈上方言』에도 '言 後生可畏 後生之角 突然而高與前生之角 同其高也' 등의 뜻은 후배는 나이가 젊고 의기가 장하므로 학문을 계속 쌓고 덕을 닦아 가면 그 진보는 선배를 능가하는 경지에 이를 것이라는 의미를 함축한다. 나중 난 뿔이 우뚝하다는데 이르면 뒷사람─후배의 노력을 가상히 여겨 높이는 의미가 있을 것이다. 학문과 덕이 높으면 이는 누구도 범접하지 못하는─나이가 여기서 무슨 의미를 가질 수 있을 것인가. 다만 나이는 먼저 태어났다는 이외에 아무런 의미를 구비하지 못하는 뜻이 될 때, 덕과 학문의 귀중한 의미를 건지게 된다. 학문과 덕은 나이와 상관이 없는 일이기 때문이다. 후배가 선배를 앞설 때 역사의 의미나 문화의 발전은 진전의 상징을 가질 수 있다는 이유─이는 진정한 인간의 가치가 도덕과 상관짓는 일이 될 것이다.

각설하고 나는 후배를 두려워한다. 이는 학문으로 두려워하는 것 보다는 오히려 삶의 단계를 올라가는 데서 슬픔을 앞세우는 일이 떠오르기 때문이다.

대학을 졸업하고 나는 학교의 동창이나 동문에 자부심을 짊어지는 사명감의 치기(稚氣)를 앞세우면서 살아왔다. 젊은 날에는 으레 그렇듯 나 또한 유난스레 이런 사고를 발동하는 일이 돌아보면 남보다 더 했던 것 같다. 내가 고등학교 선생을 하면서 무려 10여명의 후배를 교사로 심는데 앞장섰다는 이유—이런 일은 기실 어려운 일이지만, 대학선배 교장을 모시면서 그의 가족—딸들의 대학관계 심부름을 많이 했던 기억이다. 갓 대학을 졸업하고 교사로 취직한다는 것은 예나 지금이나 어려운 일이다. 취직을 하기위해서 머리를 조아리던 후배들이 근무 잘하면 그것으로 다음 자리를 위해 대가를 치루는 일이 되기에 유대관계를 강조했던 당시의 내 기억이다. 술집을 경영하던 동기를 야간에 교사로 취직을 해 주었더니 썩은 사과 한 상자로 보답을 해준 것 까지는 좋으나 뒷날 제자와의 스캔들로 곤욕을 치른 일은 두고두고 후회의 목록으로 남았다. 그 동기 친구는 기어 학교를 퇴직하고 뒷길이 평탄치 못한 풍편을 들을 때는 삶의 방식이 일이관지(一以貫之)라는 교훈을 떠올리고 했다. 이러구러 나의 교사 시절은 이웃학교의 교감으로 발탁되면서 시련의 길이 열리었고 후배 챙기기의 일도 줄어들었다.

대학의 강사 생활 7년여는 고달픈 인생의 시련을 맛본 시절이었다. 이때 누구라도 시간을 주는 호의는 두고두고 갚아야할 감사의 일이었다. 마침 동국대 경주분교에서 시간 강의를 하는 때 전임 자리 공채에 서류를 내려는 때 나는 후배의 맛을 가장 신랄하게 맛보았다. 앞장서서 적극적으로 반대의 깃발을 휘두르는 사람이었기 때문이다. 비평을 하는 그였고 또 일찍 이곳에 정착하여 도움을 줄 수 있는 그였지만 내가 오면 가장 강력한 라이벌로 의식했다는 후일의 풍편을 듣고 실소를 금할 수 없었다. 에피소드지만 그 때 하도 반대를 한다기에 다른 후배와 상의하여 편지를 전달했더니 공갈협박을 했다는 말이 돌아왔으니 인간의 악착스러움이 어떤 것인가를 느낄 수 있었다. 그 내용은 "나는 지금 춥다, 우선 숨겨다오"의 말이 요지였고 이 글을 보내기 전에 미리 공개하고 보낸 일로 나의 협박이 아님을 증명하는 일이 되었다. 이런 일로 나는 첫 번째 후배로부터의 역습을 받고 시련의 언덕을 넘는 일이 되었다. 그러나 돌아보면 이도 운명이었지만 만약 내가 그 곳에 갔더라면 노상 술이나 마시고 일주일을 기차여행에서 보내는 일이 되었을 것이고 두 집 살림을 하는 처지가 되었을 것이다. 반대해 준 후배가 오히려 고맙다. 그 이후로 한 번도 만난 적이 없지만……

다음은 가로채기 후배의 이야기다. 나는 술을 잘 마시는 편은 아니었다. 그러나 대학의 선배 교수와 어울리면서 그와 나는 호형호제라는 칭호를 공유하는 각별한 사이가 되었다. 그와 접촉하기위해 후배들은 기회를 엿보는 일이 많을 때, 강사 하는 후배를 소개시켜 준 적이 있다. 집요함에는 항상 불리한 처지가 된다는 예를 나는 이 후배에게서 교훈을 얻게 되었다. 심지어 어느 대학에 자리가 나면 그 쪽 자리에 맞추어 석사논문을 썼고, 이내 다른 곳에서 전임 자리가 나면 그 대학에 맞춰서 논문을 쓰다 보니 아직까지 박사논문을 학계에 발표한 적이 없다면 무슨 말인지 쉽게 짐작이 갈 것이다. 내가 선배와 어울리는 쪽에 어느새 접촉의 기회를 포착하여 나를 제치는 일이 진지하게 시작되었으니 그 무렵 나는 논문을 많이 쓰는 일이 중요한 걸로 판단한 어리석음이다. 그 후배는 지금 주요한 보직을 맡고 있지만 작품이나 논문을 읽어본 적이 없는 지금까지의 소식이다. 대학은 들어가기가 어렵지 일단 자리를 잡으면 철밥통이라는 속언이 사실이다. 아울러 교묘한 이간질이 통하는 일은 이후 다른 후배에게서도 당한 일이다. 대학이 공부가 안통하고 친소(親疎)가 통하면 이미 그곳은 대학이 아니다. 나는 이후 내 졸업의 대학과 담쌓고 사는 일이 지금까지 오래 지속되었다. 그러나 공부했던 나는 퇴직한 대학에ㅡ공부해서 가는 곳이 아니지만ㅡ아주 신통하게 직장생활을 할 수 있었다. 이후 나는 글쓰기에 몰두했고 가정은 경제적인 안정을 얻을 수 있게 되었고 아이들 또한 소원을 달성하는 쪽으로 매진하는 기회를 갖게 되었다. 돌아보면 후배들에게 당한 일이 결국은 승리자의 깃발을 휘두르는 결과에서 나는 행복한 노년의 시기를 보내는 사람이 되었다.*

# 자식에 대한 단상

부모에게 자식은 동물적인 본성을 갖고 있다. 조건 없는 사랑 그리고 어떤 일이 있어도 자식만을 위해 사는 희생의 행동 등등 열거하면 열거 할수록 많은 이름들이 풀려 나온다. 하물며 인간만이 아니라 미물들에서 동물들 혹은 볼 수는 없지만 식물들의 사랑—언젠가 영월 주천강 절벽위에 참으로 잘생기고 아름다운 소나무를 본적이 있다. 그 절벽 아래엔 분명 어미 소나무의 새끼들이 벼랑 단애(斷崖)에서 푸르게 싹을 키우는 작은 소나무는 분명 위에 있는 어미소나무의 자식임이 명백했다. 그뿐만 아니라 소나무도 위기에 봉착하면 그 상황을 깨닫고 솔방울을 많이 만드는 일도 자식 사랑의 표본일 시 분명하다. 이 같은 내리 사랑은 아마도 섭리이자 종족 보존의 원칙임이 틀림없을 것이다. 수만리를 역류하면서도 고향을 찾아와 종족의 씨앗을 퍼뜨리는 연어의 일생이나 부화하는 알을 지키기 위해 필사적으로 적을 유인하는 작은 새들의 행동에는 어미로서의 사랑이 본능적인 현상이 될 것이다. 이처럼 하찮은 짐승들에서 물고기에 이르기 까지 자식을 위한 행동은 목숨을 담보하면서까지 사랑을 내장하는 점이 인간에게 감동을 준다.

아울러 반포(反哺)의 고사는 동물의 본능이 인간의 모범이 될 수 있다는 경계의 의미를 갖는다. 금경(禽經)에는 慈鳥反哺 白脰不祥에 근원을 둔 이 말은 아마도 자식이자라서 부모의 은덕을 보답하는 뜻에서 자괴감을 느끼는 반성의 이름이기도 할 것이다. 부모가 살아계실 때, 마음을 평안하게 할 수 없었던 반편이 행동-물론 큰 것이 아니라 멀리 떨어져있을 때 전화 문안조차 등한히 했던 일들이 나이 70이 가까운 날에도 후회의 목록에 추가된다.

젊은 날은 부모의 처지를 모르고 살아가는 것-시간 없다 혹은 경제적인 여유가 없다 등등의 목록이 앞서지만 정작 마음이 없는 일이라는 편이 타당 할지 모른다. 그러나 이런 변명은 합리를 가장한 말놀음일 것이다. 기실 전화 한 통의 시간은 3분을 넘지 못할 것이고 전화 한 통 값은 껌 한 개의 값도 아닐 것이기 때문이다. 애지중지 사랑으로 키운 자식이 어느 날 부터 멀어지기 시작하고 더구나 결혼이후는 더 달라질 때, 섭섭하지만 이도 참아야하는 인종(忍從)의 목록이다. 부모이기 때문에 자식을 두둔하고 감싸는 운명은 슬프거나 기쁘거나 모두 부모의 몫이라는 멍에는 어쩔 길 없는 숙업(宿業)이기 때문이다.

명절이면 길 위에서 몇 시간을 허비하면서 고향을 찾는 행렬은 미풍양속이다. 문 밖에서 애타게 자식들을 기다리는 부모의 마음은 누가 가르쳐 준적이 없어도 진리의 길이고 가야만 할 길이라는 점에서 우리의 좋은 전통일 시 분명하다.

나는 아이들이 자랄 때 혁대를 들었다. 요즘도 아이들이 내게 하는 말을 들으면 그 추억이 가슴 아프다. 그러나 가족관계를 다룬 영화에는 장남의 탈선에 홀로된 어머니는 으레 아버지의 혁대로 아들을 때린다. 또 아스라한 기억이지만 읽었던 영국 작품 중 아이들 야단치기위해 꼭 찾아가는 방이 가죽 혁대가 있는 방이었다. 그 방으로 들어가면 아이는 완전히 다른 모습으로 나오게 된다. 나는 이런 작품의 흉내로 아이들의 교육을 가죽혁대로 대신했다. 그러나 가죽 혁대는 매 맞은

그 당시면 아픔으로 끝난다. 그러나 더 잔혹한 것은 정신의 고통을 주
는 방법일 것이다. 부모가 아프다 해도 바쁘다는 이유로 전화 한 통이
없는 자식은 명백히 폭력이고, 재산만을 위해 제 몫을 챙기는 일이나
늙은 부모에게 일상의 문안조차 숨기는 자식 또한 폭력이다. 부모의
운명(殞命) 앞에 재산을 궁리하는 자식 또한 폭력이다. 혁대의 아픔보다
더 잔인한 것이 오히려 무관심과 의도적인 외면이 아닐까.

아이러니 하게도 못난 자식이거나 배우지 못한 자식 혹은 가난을 물
려준 자식일수록 효도를 할 뿐만 아니라 많이 배우고 넉넉한 유산을
물려줄수록 형제지간에 싸움하고 재산 다툼에 여념이 없는 일들은 많
이 들어온 터이다. 재산이 형제의 우의보다 앞설 수 없고 돈이 형제의
피를 가르는 조건이 될 수는 없다. 또한 세상에서 가장 귀한 생명을 준
부모는 생명의 조건이자 자기의 원천이라는 망각에서는 어떤 가치도
무의미하다. 때문에 자고로 효를 우선시했던 가치관이 돌아보면 당연
한 일이라는 사실이다.

나 또한 자식을 키운다. 딸 하나에 아들 둘―자식은 커갈 수록 부모
와 멀리 떨어지는 일이 당연하겠지만 가끔 아내와 둘아 앉아있는 시간
이면 전화 한 통이 그리워지는 시간이 많아지는 것은 내가 그만큼 늙
었다는 징후일 것이다. 돌아가신 내 부모도 이러했을 것이라는 추론에
이르면 나 또한 슬퍼진다. 결혼하면 아들은 며느리의 사람이라는 말이
우리 집에서는 멀리 있는 바람소리라는 위안이 되었으면 좋겠다. 시골
에서 아내와 살아가는 밤이면 가끔 망상의 배를 띄우는 일이 그만큼
깊은 나이로 항해하는 여정이라는 뜻이 될 것 같아 실소(失笑)가 만들
어진다. '오래 살면 어쩌나'의 상상이 자꾸 서글퍼질 때 밤은 더욱 길어
지는 것 같아 불면의 길이 넓어진다. 자식들아! 이 밤 잘 있느냐? 불면
의 깊이에서 망상의 여정이 자꾸만 어설퍼진다.*

# 자살의 권리

어느 여배우가 죽었을 때 모두들 자살은 안 된다 말들을 했다. 그러다 '09년 5월 명색이 대통령을 했던 사람이 자살을 했다. 감성에 절은 이 나라 백성은 모두 그의 죽음을 아파했고 무려 500만 명이 조문을 했다는 티비나 인터넷에서의 보도뿐만 아니라 온통 뉴스로 도배한 것도 모자라 시시콜콜 작은 사건들도 뉴스의 선후도 없이 무차별로 어지럽게 했다. 죽음이란 무엇인가를 새삼 말할 이유도 없이 죽음은 죄악이다. 명색이 대통령을 했던 사람—국민에게 희망을 말하고 꿈을 주어야 할 사람—이는 무한책임을 가진 지도자라는 점에서 범부들과는 다른 삶이고 책임이 뒤따르는 행동을 해야 한다. 그가 남의 돈 640만 불을 받았다는 일도 그냥 죽음으로 덮어서는 안 될 일이지만 자살했다 해서 온통 동정의 물살이 세상을 장악하는 이 나라 국민성 또한 가볍다. 삶은 인간의 권리이고 아무리 어렵다 해도 희망의 끈을 놓고 세상을 떠나는 사람을 경외롭게 호들갑을 떠는 일이 정당하다면 삶의 이름은 무가치의 대상일 뿐이다. 그렇다 그가 재임시절에는 강남과 강북으로 편을 갈랐고, 수도를 옮긴다는 목적 하에 대한민국 전체의 땅값에 60%가 앙등했고, 학벌 좋은 사람을 깔아 뭉게는 발언으로 구설수에 올랐고, 자주라는 이름으로 미국을 경원시하면서 정치적인 소용돌이를 일으켰고, 퇴임 후에는 임대아파트에서 살겠다는 약속도 어기고 먼 시골마을에 큰 집을 짓고 손을 흔들면서 대중연설로 입을 닫을 줄 모르는 일을 했었다. 물러나면 어떤 것이 본보기가 되는 행동인가를 알았어야 했고, 청렴을 소리쳐오던 일―영화 600만 불의 사나이처럼 무소불위의 사나이를 생각나게 하는 남의 돈―그리고 1억 원짜리 시계를 논바닥에 버렸다는 어처구니없는 일, 남의 돈을 떼어먹으면 의당 법의 심판을 받아야하는 것이 정도이거늘 자기 결백을 밝힐 생각은 하지 않고 바위 위에서 투신자살로 나라를 어지럽히는 일은 분명 못된 결말이다. 어느 생명이 아깝지 않고 귀하지 않겠는가. 자연의 미물조차도 소중한 생명을 건사하기위해 피땀 나는 일상을 살아가는 생존경쟁의 세상이 아닌가. 죽어 작은 비석의 의미가 무엇이고 그런 부탁을 하는 일이 과연 잘하는 일인가? 일국의 대통령이면 재임시절이나 퇴임을 막론하고 막중한 무게의 행동을 보여야 하는 것이 당연한 일이지만 이를 어긴 그는 죽어서도 나라를 소용돌이로 아우성치게 만드는 사람―박수를 보내는 일은 안 된다. 생명의 가치를 모르는 일에는 응당 그에 상응하는 길이 있어야 한다.

또한 촛불을 켜는 일이 이젠 행사쯤으로 여겨지는 일도 문제의 발단이다. 물론 빈자일등(貧者一燈)의 촛불이 본래의 목적과는 달리 어떤 의도를 달성하기위한 미명으로 변질되는 것도 옳은 불 켜기가 아닐 것이다. 정의는 자기목적을 합법화하기위한 어긋난 행동이 따라서는 안 된다. 정의는 오로지 나를 버리고 타인의 가치를 생각하는 발상에서 출발되어야 한다. 기회가 왔다는 듯이 촛불을 들고 소리를 높이는 일이 과연 옳은 것인가는 자문해볼 일이다.

전직 대통령이 자살했다는 날에도 그가 애정을 보낸 북한의 김정일은 핵을 실험했고 미사일을 쏘아 올렸다. 그가 남긴 인권의 문제는 칭찬을 받아야 하겠지만 자기 인권을 버린 일은 비난에 해당한다. 결국 말로 끝나는 도로(徒勞)라는 점에서 자살은 모든 것을 앗아갈 뿐만 아니라 대한민국의 국가적 이름에 득이 될 것이 없는 죽음—이를 무엇이라 불러야 할 것인가? 남의 돈을 받지 않았다는 무죄의 항변도 아니고 자기 함정에 빠진 자책감이 자살이라는 극단의 방법으로 경제난에 허덕이는 국민에게 희망보다는 절망—모방 자살이 나오는 것만 보아도 노무현의 죽음은 죄를 범한 일에 해당된다. 더구나 전직 대통령이라는 이름에 부끄러움이 되었다는 점에서 자기만의 행위가 아니라 대한민국전체 국민에게 상처를 준 행동이 어떻게 정당화 될 수 있겠는가? 심지어 티브이에서는 하루 종일 이런 허접한 뉴스로 전파를 낭비하는 센세이셔날한 일이 세계 경제난의 와중에 무슨 도움이 될 것인가를 먼저 생각하는 지혜가 있어야 할 것이지만 무차별로 하루 종일 뉴스 아닌 뉴스로 피곤을 가중하는 일—매스컴의 경박성도 문제가 있다. 살아서 어지럽히던 사람은 죽어서도 어지럽히는 등식이 서글프다. 인기에 기는 배우나 탤런트의 자살에는 동정이 가지만 대통령을 했던 사람이 강박중에 생명을 버리는 일은 노무현으로 끝나야 할 숙제이다. 죽음으로 그의 부정한 돈 잔치가 묻히는 일은 확실히 잘못된 일이다. 자살에는 권리가 없기 때문이다.*

# 은퇴

기실 운 좋게도 직장에서 마지막을 마치는 행운을 가졌다. 항상 그렇듯 젊은이들이 직업을 얻지 못해 백수라는 말이 증가하는 시대에 한 분야에서 일정한 직업을 마친다는 것은 행운임이 틀림없다. 많은 종류의 직업이 있지만 타인에게 자기의 생각과 의견을 날마다 말하면서 토론하는 일은 입 다물고 직장 생활하는 것보다 좋은 일임에 틀림없다.

내게도 어김없이 은퇴라는 말이 다가왔다. 막상 퇴임식을 하기까지는 지나가는 의식절차이려니 하고 무덤덤하게 생각했음이 솔직한 생각이었다. 제자들의 환송과 잔치 속에서 나의 퇴임은 화려하게 끝났다. 그리고 홀가분하게 지난 일들을 반추하면서 생활할 것이라는 기대감으로 지나가는 일에 만족감을 갖기 까지는 많은 시간이 지난 뒤였다.

은퇴는 날마다 일요일이라는 점에서 시간이 달라진 일상은 퇴임이후 상당한 시간이 지난 뒤에 알게 된 사실이다. 자명종 소리가 필요 없다는 것은 자유스러울지는 몰라도 삶에 탄력이 없게 된다는 점에서는 우울한 일이다. 일상이 풀어지게 되면 모든 일이 느슨하게 전환하기 때문이다. 우선 식사 시간이 갈팡질팡이고, 수면이 그렇고—시도 때도 없이 낮잠을 자다보면 불면의 긴 밤과 맞서는 일은 괴로움이 다가오게 된다.

시간의 자유를 얻은 시간부터 삶의 진행이 풀려진 나사처럼 어눌해지는 일은 어쩜 당연한 귀결일 것 같다. 시간은 인간이 만든 개념이지만 시간에 포로가 되는 일이 직장과의 약속이라면 은퇴는 이 모든 일상사가 개인의 계획으로 돌아가는 길이다. 다시 말해서 조직이라는 상태에서 사는 사람의 경우는 그 조직에서 벗어날 수 없는 제한에서 자기를 방어하고 또 자기의 몫을 찾아가는 길이 열리지만 은퇴는 그런 한계를 갖지 못함으로 인해 자칫 자기를 놓치고 시간의 바다에서 표류하는 경우가 대부분일 것 같다는 점이다. 다가오는 표류의 물살은 항상 변함이 없는 속도로 다가온다. 그러나 끈기와 집념이 없다면 물살에 좌초되는 일은 누구나 경험할 수 있는 일이지만 의지를 앞세우지 않는다면 일상은 선후가 질서를 이탈하여 방황의 길을 만들게 된다. 방황이야 인간의 전유물이지만 방황 속에서 길을 찾는 것이 지혜의 산물일 것이다. 이는 인류문화 발달의 근원이 좌초에서 자기를 찾는 일이 해답이기 때문이다.

내가 다닌 직장이 원도봉산 아래 있었고, 원로교수의 시간표는 항상 느긋했다. 늦은 아침 강의에 지하철을 타고 가면 으레 울긋불긋한 사람들의 무리와 만나는 일이 다반사였다. 물론 이들의 대부분이 퇴직자라는 사실에서 산은 어쩌면 직장의 대용이 되는 일―등산이라는 이름으로 자기 계획의 시간관리라는 점을 부인할 수 없을 것이다.

내가 대학을 은퇴하고 나니 우선 시원했다. 인간은 묶이는 일에서 벗어나는 자유를 갈구하는 속성을 갖고 있기에―강의실에 들어가는 부담이 없다는 해방감이 시원했다는 말에 대답일 것이다. 그러나 은퇴 6개월이 지나자 점차 내 일상은 지루한 변화 앞에 속수무책임을 발견하게 되었다. 시도 때도 없이 누워있노라면 정작 다가오는 눈꺼풀에의 무게는 세상의 무게와 같았고 이를 뿌리치는 일은 쉬운 일이 아니었다. 그나마 글을 쓰는 행운으로 컴퓨터 앞에 앉아 있노라면―원고 량의 비례는 즐거운 맛보기가 되었다. 물론 학교에 출근하던 때도 나는 교수식당 조차 가지 않고 오로지 자장면 아니면 된장찌개를 연구실로 배달—집과 연구실만을 왕래했던 나의 일상은 은퇴와 함께 변함이 없는 삶이지만 때로 말을 하지 못하는 일상이 아쉽다. 제자들과의 말, 동료들과의 말, 말이 없어진 이후 나는 새로운 말의 상대를 찾느라 날마다 하늘, 땅, 초록의 풀들이나 정정한 나무들을 향해 말문을 열고 있다. 묵언의 무거움을 느끼는 지금 나는 그래도 행복한 일상을 살고 있다는 뜻이다.

아마도 은퇴라는 말은 제2의 인생을 설계하는 뜻과 같을 것 같을 것이다. 설계는 새로운 일을 시작하는 의미이기에 치밀하고 실행 가능한 일로 들어가는 수순을 밟아야 한다. 때문에 나의 은퇴는 글의 키를 높이는 즐거움과 상관을 갖는다는 점에서 내가 살아온 인생의 길은 그래도 행복하다는 말로 마무리 될 것 같다. 강사생활의 방랑이 있었을지라도 노년의 평안이 있고 근심 걱정 없이 일상을 살아도 되는 일은 확실히 선택받은 행운임이 틀림없기 때문이다. 제2의 인생은 근심이 없는 일상이라면 이는 제1의 인생에 고통과 아픔에서 제2의 길이 닦아진 원인을 대입하면 내가 사는 일은 명백히 잘 사는 길을 선택했음에 틀림없다. 더구나 매월 정해진 날짜에 연금이 나오는 행운—참으로 행운 같다. 그렇게 아내와 둘이 잘 살고 있기 때문이다.*

# 어르신

　누군들 장가가고 자식 낳는 일이 자랑이 될까만 솔가(率家)를 이루면서 오순도순 살아가는 일―인생을 멀리 살다보면 이 평범이 얼마나 감사한 일인지 알게 된다. 자식들을 모두 짝을 만나 곁을 떠나고 아내와 사는 일은 확실히 행복 중에도 가장 중요한 행복일 것 같다. 물론 이 무렵의 나이는 직장을 벗어나 인생의 황혼을 어떻게 보낼 것인가를 실지로 체험하는 대체로 해지는 황혼의 채색이 마냥 안타까울 무렵이기도 하다. 그러나 떠나는 것은 떠나는 길을 가고 오는 것들은 오는 길로 오는 세상은 오직 변화에서 보내고 맞이하는 일이 고작일 뿐인데…….

　요즘 나는 어디를 가나 어르신 소리를 듣고 있다. 어느 새 그런 말이 다가올 줄은 미처 예상하지 못한 말이었다. 흔한 말로 꿈에도 들으려는 말이 아니었다. 그만큼 어리석은 삶의 궤적이라는 뜻일 것이다. 방황과 허랑으로 지샌 인생이었고 돌아보아 무엇 하나 건질 것이 없다는 자괴감은 결국 내 몫으로 돌아온 무게가 된다. 그리하여 다시 인생을 산다면? 이라는 가정을 자주한다. 돌아갈 시간의 저편에서 오늘과 다른 인생의 길―그것을 흥미롭게 상상하는 일이 될 것이다.

　하루를 삼등분 하면 여명의 아침과 한낮 그리고 황혼으로 이어지는 큰 매듭으로 분류하면―아침을 설레면서 맞이하는 일은 인생에서 미래를 위해 설계도를 마련하는 일에 속할 것이다. 이를 맞아들이는 방법에도 자기만의 방도가 있기에 딱히 정답으로 말할 수는 없을 것이다. 그러나 아침은 청춘의 용약(踊躍)이 가져오는 무계획의 걸음에서는 회복하기 어려운 낮이 다가와 허기와 땀 그리고 고통의 시간을 받아들이게 된다. 내 인생의 설계는 이때를 잘못 살아온 후회가 된다. 마치 항상 젊음이 있는 것으로 착각한 여정은 노년을 후회와 가파름으로 맞아야하는 일이 되기 때문이다. 어떻게 살아야할 것인가의 근본을 외면한 내 삶은 지금도 모색 중이라는 말에 변명을 입힌다. 그러나 변명은 결국 변명의 긴 터널을 터벅여야 하기 때문에 아픔이 수반된다. 그러나 세월은 무작정 가고 또 오고 그런 순환의 터널을 벗어날 수가 없다는 점에서 서글픈 일이다. 누구나 맞이하고 지나가는 일이라도 나에겐 준비 없는 변화 앞에 당황하다는 말이 정확하기 때문이다.

이제 어디를 가나 입장권의 액수에 할인을 받는 일에 씁쓸한 감회가 없을 수 없다. 그러나 그런 공간에 들어가면 어딘가 낯설어지는 감정 또한 피할 수 없는 일이라는 점에서 감정의 기복이 심할 때가 자주 있다. 이때마다 어르신이라는 말이 다가오고 이 말이 다가오면 가슴이 막히는 감회 또한 사실이다. 내가 무엇으로 어르신의 대열에 도달했는가? 나는 가급적이면 지하철의 노인석을 외면하려 한다. 그러나 내가 노인석을 벗어나면 젊은 사람 한 명이 서있어야 한다는 부담을 미안하게 생각한다.

내 사회에 무엇으로 기여를 했기에 어르신이라는 상층대접을 받아야 하는 가를 생각하면 스스로 참담한 감회를 갖게 된다. 오는 대로 맞이했고 가는대로 보낸 일만이 나의 삶에 대한 인생관이라면 나는 범인(凡人)보다 못한 범인(犯人)이 된다. 땀 흘리면서 지혜를 동원하여 살아가는 젊은 사람들의 모습을 보노라면 추억이 생각나고 부끄러운 골목을 배회하는 느낌이 든다. 기껏해야 시 몇 편으로 치기(稚氣)를 앞세웠고 비평문으로 어지러운 지식에 혼란만을 가중하지 않았는지 돌아보는 일이 두려운 요즈음의 생각이다. 나이는 다가오고 의식은 머물러있는 이중의 모순 때문에 나는 오늘도 어르신의 용어에서 매우 부자유스럽다. 그러나 어쩌랴. 다가오는 것만큼 빨리 가버리는 일이 하루이고 일 년이 아닌가.

오늘도 내 서재 앞에 마주한 산을 바라보면서 변화하는 구름의 이동을 눈여기고 있다. 이미 어둠이 황혼을 앗아갔고 그 자리에 어둠이 짙어오는 캔버스엔 하루를 마감하는 새들조차 이미 자취를 감추었다. 그러나 내일이 올 때까지 나는 밤을 지나 여명의 아침을 위해 터벅이는 어둠 속으로 길을 찾을 것이다. 세상을 하직할 때 까지 글자의 뒤를 쫓고 있는 이 사명에 나는 그래도 의무를 느끼기 때문이다. 어르신이 되어도 글은 결코 어르신이 안 되는 글의 벽을 넘기 위해 생각을 쥐어짜는 내가 때로 부끄럽기도 하지만…….*

# 의미 찾기

이 세상에서 가장 어려운 일이 무엇일까라는 질문에 여러 가지 대답이 있을 것이다. 그러나 사람을 사귀는 일 그리고 사람과의 관계를 설정하는 일이 가장 어렵지 않을까? 물론 성격에 따라 물음에 대한 해답도 다를 것이지만……. 어떻든 사람을 사귀는 일은 지난(至難)한 일임에 틀림없을 것이다. 왜냐하면 인간의 마음은 환경이나 여건에 따라 수시로 다른 반응을 보이는 것—권력 앞에서나 금력 앞에서 고개를 숙이지 않는 사람은 드물 것이다. 때문에 인간관계를 저울에 수평으로 달듯이 변함없기를 생각하는 것은 애당초 무리한 일이래도 심하게 굴곡하지 않는 상식으로 살아간다는 것에서는 실망을 맛보는 일이 될 것이다.

아마도 가장 어려운 선택의 문제가 상식적 균형을 갖추는 일이 아닐까. 왜냐하면 상식이란 일정한 균형을 맞추면서 살아가는 일이기 때문이다.

내성적인 사람은 아무래도 자기 방어 본능인 경향이 많을 것이다. 왜냐하면 상대의 공격에 방어할 수 있는 유능한 기제(機制)를 갖고 있지 못하기 때문이다. 상대에 대한 유머라거나 적절한 대처능력이 부족하기 때문에 성격이 안으로 좁아드는 성품의 사람은 현실에서 적극적이기 보다는 소극적인 대처능력에 대한 몫이 있기 마련이다. 그러나 자기 일에 대한 성실성 그리고 꾸준히 밀고 나가는 진척(進陟)에 대한 집념이 강할 것 같다. 왜냐하면 일정한 목표에 대한 성취를 이룸으로써 외면적인 사람이 이루지 못한 성취감을 보상받기 위함이다. 그러나 이와는 반대로 외향적인 사람은 능숙한 관계를 믿고 자칫 자기 함정에 빠질 위험이 항시 도사리고 있을 것이다. 그렇다면 인간의 일은 결과를 놓고 보면 균형이 맞는 일이 된다. 하기야 물리학에서 질량불변의 문제는 비단 증명되는 과학적인 결과물만은 아니라는 점이다. 반야심경(般若心經)에도 이런 일을 비유로 설명하고 있지만, 사람의 일생이란 따지고 보면 모두 공평한 균형을 유지하는 것이 아닐까 한다. 이러니 현실에서 불만이나 불평 또한 따지고 보면 앞서거니 뒤서거니의 물 흐르는 일과 다름이 없이 언젠가 종점에 도달하는 이치와 같다.

이러니 계산하고 따지고 가 무슨 필요가 있으며, 앞섰다고 득의(得意)로움 또한 무슨 의미를 가질 것인가? 그렇다고 우열이 없다면 어떨까 이 또한 난감한 인생사가 아닐 수 없다. 때문에 결론은 누가 가르쳐 주는 것이 아니라 소신으로 살아야 할 일이다.

소신이란 말은 고집이 물론 아니다. 남을 배려하고 나를 알고 나면 소신은 조정된다. 왜냐하면 할 일이 어디까지이고 안할 일이 어디까지의 문제인가를 알면 자연스레 자기 몫의 일이 다가오기 때문이다.

쏜살같은 세월을 실감하는 나이에 이르러 이제 황혼의 아름다움을 바라보는 일이 많아졌다. 퇴직을 하고 무료한 때가 되면 회상의 길을 되짚는 일도 그렇거니와 병에 신음하는 주변의 지인들을 보면 허무가 당연하게 된다. 나는 무엇을 하고 여기 이르렀는가를 자문하면 이 또한 무상타. 글줄이나 쓴다고 덧없이 끄적거린 일들이 주마등처럼 지나가는 화면에 내 얼굴은 보이지 않는다. 수유(須臾)같은 감회뿐이다.

생명을 부여받고 살아가는 세상사에 의미(意味)를 남기는 일이야 말로 가치의 일이라면 그것은 돌에 자기의 이름을 새기는 것이 아니라

비록 빛이 없을지라도 어둠을 비치는 골목의 가로등 같은 일이면 된
다. 비록 아침이면 소용 다해 스위치를 내리는 일이래도…….*

# 박사

　내가 박사학위를 받은 이유가 학문의 길 보다는 대학에 가기위한 수단─슬픈 욕망이었음을 고백한다. 30대 후반에 어느 여고 교감을 그만둔 이후 나의 인생여정은 불안에 대한 길을 찾는 일이었다. 미래에 대한 절박성은 정작 2남 1녀를 둔 가장에게는 절박한 선택이 무엇을 하고 살아야하는가에 대한 결정이었다. 교과시간에 학생이 불의로 죽은 일 때문에 도의적으로 사표를 낸─교감 직이 탐나는 일은 아니었지만 내 인생의 길이 아니라는 판단 때문에 막상 학문하기로 마음을 먹었을 때는 불안과 절망이 캄캄했었다. 더구나 만학의 공부란 지난(至難)한 일이기 때문이다. 제자뻘 아이들 곁에서 영어도 그렇고 학문을 일구는 선택은 차치(且置)하고라도 생계와 학비를 조달하는 일에 또 아이들 교육비 등등 이런 아픔은 쉽게 선택을 할 수 없었다. 그러나 석사부터 시작한 세월은 어차피 지나게 되어 있는 운명이었다. 또한 목표를 정하면 그 목표는 달성된다는 결론이 말하게 된다. 늦고 빠른 것은 오로지 의식일 뿐 실제로 늦었다거나 빠르다는 일은 별로 의미가 없는 일이다. 이것이 인간의 신념일 수도 있고 또 삶의 도정일 수도 있다는 점에서 무엇을 선택하고 그 선택을 밀고나가는 일이 더 중요한 일 일 것이다. 결국 나는 만학의 학위를 받았을 때, 우리 집안 최초의 문학박사학위를 가진 사람이 되었다. 물론 그 박사학위는 우스갯소리로 운전면허증보다 못하다는 자조(自嘲)를 말하기도 하지만 어떻든 자부심을 가질 수 있는 일임에 틀림없다. 운전면허증은 가끔 경찰이 보자고 하지만 박사학위는 평생 보자는 사람도 없기에 허망의 개그로 들릴 수 있을 것이다.

우리 집엔 지금 박사학위가 셋이다. 큰애가 그렇고 또 딸이 학위를 가지고 있기에 모두 학문하는 집안이라는 통칭을 할 수 있다.

오늘은 큰 며느리가 종합시험에 통과했다는 전화를 받았다. 이제 4번째의 학위소지자가 된다는 예약이다. 과정을 이수하는 3년의 약속은 시련과 고통 그리고 초조의 연속일 것이다. 물론 등록금이라는 높이도 생활과 결부될 때는 무시할 수없는 아픔이 수반된다. 이 과정은 모두 학문이라는 목표를 향한 열정이 없다면 불가능하기 때문에 존경가치로 환산되어야 한다. 2남 1녀─6명과 나와 아내를 합하면 도합 8명중에서 박사가 넷이면 큰 수확의 가족이다. 그러나 나는 더없이 자부심을 갖는 이유는 비단 학위만이 아니다. 학위가 아닌 자식들은 그 나름의 최고의 시험을 통과한 자랑이다. 사위는 사법시험을 통과했고─시골에 살면서 박사학위를 받았다고 플래카드를 거는 일에 웃음을 보냈지만 막상 시험에 통과했을 때는 안사돈은 종친회에서 자랑스런 어머니 표창을 받는 걸 보고 재미있게 웃었던 기억이 있다. 그만큼 지난(至難)한 시험을 통과한 일이 자랑스러운 것도 사실이다. 아마 박사라는 칭호보다 더 값진 이유도 될 것이다. 우리 집 막내 또한 사법시험에 애타게 합격했을 때는 세상이 내 것인 양 즐거웠다. 한 번의 어려움도 없이 대학에 들어갔을 때는 금시 합격하겠지 라는 안도감이 있었지만 흔들리는 시험의 결과는 아내와 나를─온 집안이 초조로 캄캄했었다. 2차 시험은 날짜가 2월쯤이라 항상 숨죽이는 명절이 없었던 세월이 하냥 길었다. 때문에 군대를 갔고 다시 돌아와 최종 합격의 소식을 인터넷에서 확인하던 날은 온 세상이 밝고 따스했었다. 박사는 시간의 경과와 같이 소정의 절차를 밟으면 될 수 있지만 사법시험은 그런 난관과는 다른 것이었다. 능선을 넘으면 또 다른 능선이 가로막는 초조와 불안은 가히 경험하지 않으면 모를 것이다. 막내의 결혼을 손님 초대 없이 친척만 모시고 간소하게 치렀지만 지난 고통을 생각하면 속되게 열쇠타령도 이해하게끔 고통스런 나날의 보상심리라 여기게 되었다.

막내며느리는 변리사이다. 이 또한 어려운 시험일 시 분명하다. 200여 명의 합격자를 배출하는 시험이면 사법시험과 비견되는 일 또한 당연하다. 그러나 결혼 전에 합격했기 때문에 직접적인 통증을 경험하지 못했지만 사돈 분들의 지난 아픔을 미루어 짐작할 수 있는 시험이다. 어떻든 무슨 타이틀을 갖는 가의 문제가 아니라 얼마나 인생을 열심히 살아갈 수 있는가의 시험에 통과한 일들이 자랑스럽다.

내 2층 서재에는 박사가운을 입은 사진이 걸려있다. 이른바 학위방이지만 아내는 석사학위를 받았기에 당연히 자격이 되어 걸려있고 이제 사법연수원을 마치는 올 해는 막내 내외의 사진도 걸어야 할 것 같다. 그러면 4기둥에 자리가 좁지만 이 또한 행복한 고민이라는 점에서 나는 마냥 즐겁다. 우리 모두 공부합시다. 공부……*

# 나의 문예 창작과 시대

## 1. 여자 장(長) 아래 사는 남자

2년제 대학은 학(學)이라는 말 대신에 과라는 말이 대신한다. 이는 학문이 아니라 기능을 중시하는 학제상의 이름이기 때문에 연구나 심오한 학문적인 천착(穿鑿)이 아니라 기능을 우선하는 일로 대신하는 명칭이 숨어있다. 나이 50이 되어 늦깎이로 대학에 안착한 나의 마지막 직장은 서울 시내 같지만 이른바 지방대학—수도권이라는 그야말로 서울과 지척거리의 의정부가 된다. 전철로 한 정거장이면 서울이고 도봉산 아래 호원(虎院)동—이 동네에서 수락산을 보면 호랑이 한 마리가 서울 쪽으로 달려가는 형상이 보인다. 나는 이 학교에서 15년을 보냈다. 고아원이었던 건물 교사(校舍)로 출발한 낡은 건물이 있는 곳에서 강의를 얻어 시작한 인연은 이내 전임교수라는 명칭으로 교양과목을 가르치는 일이었다. 어두운 강의실—지금은 번듯한 건물이 자리 잡은 현대식 외모로 신축하여 예전과는 몰라보게 변했지만 참으로 퇴락한 건물에서 주야로 강의를 했었다. 이 무렵 나는 동국대의 한국문학연구소의 상임 연구원으로 먹고사는 문제를 해결하고 있었던 때였고 여기저기 강의를 나가면서 전임 자리를 찾던 어려운 때였다. 커다란 강의실에 이른바 교양과목이라는 텃세로 2개과가 합동으로 강의하는 그야 말로 콩나물 강의실이었다. 목청이 작은 교수는 아예 학생과 교수가 따로 노는 열악한 강의실에서 내 인생의 마지막을 장식하는 직장의 생활이 시작되었다. 항상 기회는 예고 없이 오는 법이라는 듯 나는 이곳이 내 인생의 직장, 마지막을 장식하는 곳이라고는 미처 예상하지 못했었다. 인간의 운명은 묘한 일치가 있음을 돌아보면 느낀다. 돌아보면 나는 여자상사 아래서 살아온 일생이 우연일까라는 생각을 한다. 상명시대의 직장 상사가 배상명 교장이었고, 신광여고의 교장은 최명자 그리고 신흥대의 학장 또한 여자로 시종 내 일생의 마지막을 장식했으니 사립학교의 관행이었다. 그렇다고 유능하거나 행정의 달인쯤 되는 사람이 아니라 학교가 자기 것이라는 소유개념에서 장기 집권하는 모습이 지극히 모순을 보는 것에 눈을 감아야 한다. 어디서나 그렇지만 기관장이 여자면 으레 휘하에 자연스레 여자들이 우글거린다. 그렇다고 유능하고 바른 사람들이 모여드는 것이 아니고 손바닥 얇은 혹은 입술이 가벼운 사람들이 자기들만의 벽을 치면서 일정한 세력을 형성하여 영향력을 극대화하는 일반성이 노증 된다. 이런 현상을 학교라 해서만이 아니라 정치판에서도 같고 어디에서나 흔한 벽(壁)만들기의 전형일 것이다. 나는 15년 동안 여학장에 호감을 가져본 일이 없다. 왜냐하면 편견과 파당일색으로 움직이는 일―우선이 학교 설립자가 목사라 해서 그런지 종교의 벽이 있고 여기에 비신자는 예외 없이 외부자가 될 뿐만 아니라 비주류로 살아야 한다. 이 당연한 현상에 도전한다는 것은 곧 불화의 시발이고 다른 곳으로 생각을 돌리는 것이 당연한 일이 될 수 있을 뿐이었다. 이는 한국종교의 편벽성의 일단을 체험하는 것은 떼거리의식과 상통한다. 아마도 한국의 종교 풍토는 자기 성(城) 쌓기라는 독특한 형태로 발전하고 있다는 점이다. 이는 인재의 고른 균형배체의 저해는 물론―이런 현상은 정치판에서도 그렇고 만연한 폐해의식이 아닐 수 없다. 그러나 나는 종교라는 동류항에 끼어 시시덕거리는 모임에 한 번도 고개를 기웃한 적이 없는 15년의 행적이었다. 돌아보면 내 직장의 인연은 여자아래 사는 일이 운명이었는지 그렇게 지나왔다. 그러나 한 번도 그들의 그릇 속에 무엇을 위한 일을 한 적이 없다는 기억이 다행이라면 다행일까.


2. 1999년 문예창작과


친구 조교수를 만난 것은 내 인생에 우연이었고 필연이었다. 그는 한 때 잘나가는 직장에 있었고 그 때문에 문예창작과를 만들 수 있었고, 이로 하여 그와 나는 같은 직장에서 노년을 보내는 길을 만들 수 있었기 때문이었다. 1999년 3월 3일 신흥대학에 문예창작과를 개설할 수 있었던 것은 조교수의 도움과 안에서는 내가 있었기에 가능했다. 그리고 2007년 8월 31일 함께 물러나는 인연이 이어졌다. 교내에 문학을 아는 보직자는 없었고 또 여학장 또한 문학에 도무지 관심이 없는 사람에게서 문예창작과를 만든 것은 설립자를 움직이는 조청호의 힘이었고, 또 교육부와의 관계를 뚫어 준 일이 아니었다면 신흥대에 문학의 이름은 있을 수 없는 일이었다. 정작 학과가 개설되자 나는 어떻게 하면 최고의 문학과를 만들 수 있는 가에 집중되는 마음뿐이었다. 이를 실현하는 것은 좋은 교수가 모이면 달성되는 목표라는 것이 나의 경험에 나온 결론이었다. 그러나 교양과목을 함께하는 여자교수―대학은 국문과지만 당시 이 학교의 보건전문대를 겨냥하여 모자보건학(대학원)을 전공한 여자가 끼어들었다. 물로 학장이라는 여자와 죽이

맞은 일치는 첫 번째 좌절을 경험하는 문예창작과였다. 이름에 얽힌 일이지만 문학창작과로 올렸던 이름이 어느새 문예창작이라는 범위 넓은 이름으로—모두 그렇게 부르니까 문예라는 이름을 붙였지만 정확하게는 문학창작이라는 한정의 이름으로 하고 싶었던 것이 내 마음이었다. 촉수가 예민한 여자는 가히 유능한 능력이 생존의 기법으로만 비상(非常)했었다. 그러니 문학의 실력이 아니라 시스템을 좌지우지하는 능력에서 우선 압도하는 길을 알고 먼저 손을 썼다는 사실은 정작 여자학장과 만나는 회의에서 터졌다. 나는 안 된다는 말을 했고, 이는 전혀 먹히지 않는 일이 되었을 때 수필은 이미 앞길이 뻔했다. 내 문학의 수업에서 수필에 유능한 교수(강사겠지만)를 통해 아이들에게 좋은 강의를 하고 싶은 일은 허사가 되었다. 이날 여자학장에게서 학과장의 직책은 던지고 싶은 기분이었지만 학과장을 맡아서 4년여를 기초다지기에 헌신하는 일이 연속이었다. 문학기행을 가자하면 아는 교수가 없었고 조교와 나와 둘이 찾고 전화하고 이런 일이 반복되면서 문학기행의 지도를 완성했고 이후엔 되풀이 찾아가면 되는 일이었다. 안동에 이육사를 위시해서 강진에 영랑생가까지 찾아가는 여행은 혼자만의 긴장이었고 머리 쓰기였다. 40여 명의 학생단체를 이끌고 길을 나서는 일은 우선 정확해야하기 때문이다. 그러나 누구도 알려하지도 않았고 또 아는 사람도 없는 답답한 시절을 잘 도 지나왔다. 아이들을 문학으로 옷을 입히는 일과 내가 좋아서 하는 문학의 일이 그만큼 보람 있는 내 인생의 마지막 일이 되었기 때문이다. 기실 나이 50에 대학교수가 되어 15년 동안은 찬란한 나의 일생이었다. 아침에 출근길은 항상 내가 가장 빠른 연구실에 도착하는 교수였고, 중랑천을 달리면서 살아온 만년의 출근과 퇴근길은 유쾌한 일이었다. 도봉관 3층 연구실에 도착하면 우선 불을 켜는 일이 내 발걸음이었고, 연구실 문을 열면 사방 벽으로 가득한 책—내 연구실이 가장 많은 책을 장식하고 있었다. 이제 이 책은 이천 문사원의 청조헌 벽을 가득 매우고 있는 자산이지만 이젠 무거운 이름으로 다가온다. 왜냐하면 이 책들을 어떻게 처리하고 인생의 무거운 짐을 내려놓을까라는 망설임에 잠겨야 한다. 왜냐하면 이제 책은 다만 보관하기 힘든 대상이 되었기 때문이다.

내 출근에는 으레 큰 잔의 커피가 찰랑하게 조교의 손에 들려 연구실로 들어오면 컴퓨터가 켜져 있고 작업이 시작되는 아침 내 방의 풍경이었다. 물론 내 노트북의 작업은 항상 열이 올라있었다. 점심이면 자장면 아니면 김치찌개가 나의 주요 메뉴였고, 이런 일은 거의 15년 동안 교수식당을 가지 않았다. 도서관 지하에 있는 교수식당은 손으로 꼽을 수 있을 정도—공식적인 행사의 회식이 아니면 간적이 없었으니 내 점심값은 항상 현금시대였다.

나는 여자를 폄하하지는 않는다. 그러나 협량은 남자라고 없을까만 내가 만난 여자 장(長)에게서는 유독 이런 경우가 너무 심했고 사학의 문제점을 그대로 간직한 모습이었다. 책을 출간하면 한두 번은 학장실에 가져갔지만 그 때마다 기도로 시작하는 모습이외엔 아는 것이 없는 무지가 보여 아예 책을 출간해도 이후엔 전달한 적이 없다. 이미 책이 아니라 휴지나 다름없는 그런 인상으로 기억되기 때문이다. 한국의 대학문화의 척도를 바라보는 슬픔이 역력한 현상은 그들이 지어 만드는 편견의 늪이 너무 깊기 때문에 나는 관심을 오로지 문학과 책 쓰기 그리고 강의 이외엔 관심이 없었다.

강의 평가라는 것이 있다. 학생들이 학기가 끝날 때마다 하는 작업으로 나는 평균 95점을 상회하는 기록을 내가 학교를 그만 둘 때까지 이어 온 전통이 자랑스럽다. 오로지 기도만 할 줄 아는 학장실을 지키는 마네킹처럼 인식했으니 서글픈 나의 대학생활의 인연이다. 그러나

대학은 어디까지만 학문이나 실기를 연마하는 공간에 대한 고뇌를 가
진 지도자의 모습이 필요한 것이지 포교활동을 하는 공간으로 인식하
는 일은 교육이 아니라 망상의 놀이터라는 생각을 가지고 살았으니,
나의 고독은 얼마나 깊었을 것인가? 어머니는 학장 아들은 이사장—막
대한 학교공금을 횡령한 죄목으로 국회에서 구속안건이 통과되는 뉴
스를 접하고는 우울함이 다가오는 길에 추억의 이름도 함께 우울해지
는 것은 어쩔 수가 없었다. 내 죽어 다시 직장을 갖는다면 끼리끼리 속
삭이지 않고 통 큰 남자 상사였음 좋겠다.*

# 등단

모든 문인은 등단이라는 말에 가두어져 있다. 일 년에 한번 치르는 신문의 신춘문예라는 절차와 문학잡지에 신인상이나 추천이라는 이름으로 일정한 명칭을 부여받는 절차가 있고 또 작품을 모아 책을 출간하는 일이나 아니면 유관기관에 작품을 보냄으로 실리는 경우 또한 등단의 이름을 쓰곤 한다. 같은 문인들과의 모임에서 어디로 등단했는가를 따지는 일은 으레 신춘문예를 앞세우고 그 다음이 문학잡지 출신 등 보이지 않는 신경전이 치열한 것도 사실이다. 그러나 나는 신춘문예를 멈추어야 한다는 주장을 오래전에 해왔다. 이는 일제 강점기나 발표지면이 희소할 때 신문에 신춘문예는 등단의 유일한 일이었다. 가령 1945년에 서 50년 한국전쟁이 발발할 때 까지 서울에 살던 문인은 165명이라 했다. 그러니 작품 한 편을 어디에 발표하면 금시 모두 아는 동네소문의 수준이었다면 지금은 많은 인구로 늘어났고 분야마다 일시에 전파하는 등단 뉴스의 소식은 감감할 수밖에 없다. 다시 말해서 인구비례의 등단인구가 지금엔 더욱 왕성하고 많은 문인으로 늘어났다는 점이다. 아울러 치열성을 말하면 과거의 문인들은 따라올 수도 없을 만큼 왕성하게 집필을 한다. 이 이유는 아무래도 필기구의 특징을 둘 수 있을 것 같다. 가령 붓으로 아무리 빨리 쓴다 해도 연필을 따라올 수 없을 것이고, 연필은 부드러운 볼펜을 따라올 수 없고, 연필은 타자기를 능가할 수 없을 것이다. 필기구 속도의 상관은 두뇌회전과 상관을 갖고 있을 것이란 추론은 정당하기 때문이다. 그렇다면 머리회전과 기록의 접근은 컴퓨터 자판이 훨씬 근접할 수 있을 것이란 점이다. 더구나 쓴 글을 교정하고 수정하는 일이 한 번에 동시에 이루어지니 그 시간의 절약은 가히 과거의 창작과는 비교할 수 없을 것이다. 이 점에서 문학작품 양산이나 책의 출판은 거의 동시적으로 접근이 가능해진 시대 속에 살고 있다.

각설하고 등단의 일시는 대단히 중요한 서열의 의미를 갖는다. 물론 이 가치는 작품이 좋은가 아니면 타작인가의 여부라야 당연한 일이지만, 잡지사의 작품 게재(揭載)라거나 필요상 등단을 따지는 일은 피할 수없는 현상이 되기도 한다.

나의 등단은 1978년에 ≪월간문학≫에 시 신인상을 통해 등단했다. 물론 대학졸업이후 10수년을 지난이후에 일이라 당시엔 자랑거리도 못되는 일이었지만 나의 동창들과 비교하면 10여년의 등단날짜에 차이가 난다. 그러나 나는 따지고 보면 그들과 뒤지지 않는 이력을 숨기고 있었다. 아니 귀찮아서 따지고 열거할 필요를 내세우지 않고 지나왔다. 그러다 2009년 어느 날 문사원(文土苑)에서 지난 일기장을 뒤적이면서 나의 숙제는 구름을 벗었다. 기실 까마득히 오래전에 신문에 실린 시조(時調)에 대한 기억을 증명할 수 있었기 때문이다.

나는 시를 쓰는 최초의 작업이 시조였다. 아마도 어디 있는지 알 수 없지만 습작의 대부분이 시조였고 이를 모아 놓으면서 세월을 잊고 왔었기 때문이다. 그러다 책을 출간하려는 발상을 당시 시인 장호와 협의하려는 순간 ≪월간문학≫ 등단으로 방향을 잡았고, 이런 일로 인해 나의 시조여행은 잊혀졌기 때문이다. 그러나 대학 시조강의—당시 조정래의 아버지인 조종현 시조시인의 강의를 들었고, 그 당시 시험에는 시조쓰기에 많은 수의 시조를 써서 먼저 제출했고, 가까운 친구들에게 작품을 써서(부정행위지만)건네 준 기억은 잊을 수없는 치기(稚氣)어린 행동이었다. 아마 그 무렵의 시조에 대한 나의 성정이나 정서에서 잘 부합되는 문학적 성향이었을 것이라 느낀다.

나의 대학 시절은 가난 그것이었다. 더구나 연세 많은 부모를 모시고 만리동 고개 당시 양정중고 입구에서 작은 <만영서점>을 운영하면서 생활의 해결과 대학등록금을 조달하는 일은 참으로 슬픈 과거의 언덕이었다. 오죽했으면 미군 작업복에 검은 물을 들여서 4년을 입고 다닌 당시엔 국제신사라는 자조 섞인 이름을 붙였지만 이는 생활과는 무관―오늘날 청바지 같은 편리한 옷이었다. 각설하고 이런 이야기의 전제는 나의 어머님에 대한 말로 들어가기 위한 길을 닦기 위함이다. 그토록 가난했으니 환갑(還甲)인 들 제대로 했겠는가 말이다. 1962년 음력 6월 23일은 나의 어머님 환갑의 날이었다. 무더운 날이었고 잔치를 못하는 자식의 심정을 나는 시조를 써서 당시 <동아일보>에 보냈고, 이를 뽑아준 시인은 이태극이었고 이런 행사가 당시 동아일보는 매주 아니면 매달 신문에 게재하고 있었다. 1962년 9월 22일 동아일보 7면에 다음과 같은 스크랩 신문이 빛바랜 채로 풀로 붙여 있는 일기장 ―당시 나는 한 가지 주제로 긴 글을 쓰는 일을 계속했다. 일종의 논설이었고 이런 일은 거의 몇 천 페이지의 노트가 아직도 꽂혀있다. '<還甲> 蔡洙永(서울)'의 반가운 신문 스크랩을 발견한 것은 내 마음에 무거운 사건의 진상을 찾아낸 홀가분한 발견이었다.


  회갑이라 육십년은 갓난이 마음인가
  사오 이십 큰 놈(자식)은 어른이관듸

찢어진 모시적삼엔 주름이 뵈오네

<환갑>

무려 13수의 연작으로 진행된다. 4295년(1962) 7월 23일(월, 흐림) 자의 일기에는 무력한 당시의 자식의 한이 적혀있다. 당시 아마 동아 일보 독자가 약 50만쯤이었을 것이고 이 모든 사람에게 나의 어머님의 환갑잔치를 알리는 작품이었다. 아마 몇 푼의 고료를 받았던 기억이 있지만 그 흔적은 지금 알 길이 없다.

내 등단의 날짜를 1962년으로 앞당기면? —그러나 내가 쓴 작품이 얼마나 훌륭한가에 이르면 이런 나의 욕망은 초라한 변명으로 돌아눕는 것 같다. 문제는 얼마나 뛰어난 한 편의 작품이 있는가를 자문하는 편이 오히려 내 마음을 편안하게 하지만 과거의 숙제를 찾아낸 것 또한 득의(得意)롭다는 점이다. 다시 수정하여 앞으로 발간하는 시집에 흔적을 남기리라.*

# 대학교수생활

직업에 귀천이 없고 또 요즘은 자기만의 독특한 직업이 뜨는 직업임에 틀림이 없지만 전래적으로 안정적이고 선망의 직업으로는 의사와 법관 그리고 교수일 것이다. 의사는 아내가 좋고 법관은 부모에 자랑이라 좋고 대학교수는 본인이 좋다라는 우스갯소리를 들은 적이 있다. 누구나 선망하는 직업이 틀림없지만, 이 말의 함의(含意)는 직업에 대한 실질적인 재미가 어디에 있는가를 비유하는 말로는 틀림없는 것 같다. 치과의사 친구는 평생을 작은 진료실에서 보내는 일―썩은 이빨을 바라보면서 사는 일이 결코 당사자에겐 즐겁고 좋은 일만은 아닐 것이다. 그러나 돈을 많이 벌어온다는 아내의 입장에서는 당연히 좋은 남편을 둔 행복한 느낌일 것이다. 이른바 법관을 둔 부모의 경우는 으쓱하는 마음이 있음도 사실이지만 범죄자 혹은 갈수록 두꺼워지고 딱딱하고 재미없는 법전과 마주한다는 것은 결코 만족을 주는 일만은 아닐 것임이 분명하지만 부모는 자랑의 마음을 갖는 것 또한 전래적인 관습에서는 틀림없다는 예일 것이다. 그러나 교수는―나 또한 교수를 은퇴했지만 월급이 많다고 생각한 적은 없지만―다시 직업을 갖는다 해도 교수를 우선순위에 둘 것은 틀림없다. 그만큼 매력적이고 좋다. 우선 사람을 만나 자기의 생각과 뜻을 설득하고 펴는 일―때로는 어떤 문제

에서는 그렇다. 아울러 열심히 공부하는 자유를 누릴 수 있다는 점에
서 의사나 법관의 한계를 뛰어넘는 자유를 누림에서는 교수의 직업이
가장 좋다는 생각이다. 물론 방학을 부러워하는 사람들도 있지만 공부
안하는 교수에게 해당되는 일이래도 방학은 확실히 좋은 충전의 기회
요 견문을 확고히 하거나 자기를 돌아보는 기회를 맞이할 수 있는 점
에서는 매력적인 대상임이 분명하다.

그러나 나는 교수의 게으름을 많이 보아온 생활이 끔직하다. 왜냐하
면 교수가 되는 일은 공부로의 기준이 아니라 아름 아름이거나 기존
교수의 괄호 안에 들어가는 그런 조건을 가진 사람들이 교수로 채용되
는 경우가 지금까지의 대체적인 현상이었다면, 이들이 교수로 채용되
고 난 후에 보직에 눈독 들이고 이리저리 눈치 보면서 상사의 마음에
들기 위한 일들로 영일이 없는 교수들은 거개가 논문 없는 혹은 그럭
저럭 맞추어가는 논문에 자기를 버린 사람들이 대부분이었다. 사실 한
국의 교수는 교수로 채용하기까지의 공부이지 그 다음은 전혀 공부와
는 상관없어도 정교수까지 무난하게 통과되면서 그야말로 철밥통으
로 정년을 보장 받는 경우가 대부분이었다. 공부를 안 해도 논문이 많
은 교수보다 더 빨리 정교수가 되는 경우를 나는 많이 보아왔다. 그러
니 학생들은 그럭저럭 4년이 지나면 졸업이 쉬운 이 나라 대학풍토는
교수에서 나오는 현상이다.

이런 이유로 교수는 당사자가 편하고 좋은 이유가 있고 또 교수라
하면 다소의 존경을 보내는 것 또한 예외가 아니다. 월급이 많은 것도
아닐지라도 평생을 편안한 마음으로 직업을 가진 경우는 아마도 교수
아니면 안 되는 현상일 것이다. 자기 사업을 하는 사람은 긴장과 긴장
의 연속—자금에 대한 긴장 또 직원에 대한 긴장감, 월급이나 기타 갖
추어야 할 조건에 합치되는 일들에 시달리는 점은 구멍가게를 가진 사

업주라도 심각한 일상일 것이다. 그러나 교수는 같은 교재를 되풀이 앵무새의 노래를 부르는 일이 다반사일 때 얼마나 편한가 말이다. 고민이 없는 일상 그리고 16주 중에 시험의 두 주를 빼면 14주이지만 그 사이 국경일 혹은 축제 등을 빼면 실제로 공부하는 주일은 얼마 되지 않게 금시 한 학기가 지나간다. 물론 보강이라는 말이 있을지라도 이런 경우는 형식적인 경우가 대부분이고 보강을 한다 해도 김빠진 수업이 된다. 우리나라 대학은 공부 안 해도 되는 교수에 학생이 어울리는 천국이다. 그렇기 때문에 데모하는 학생이 민주투사가 되고 예비 정치 활동이거나 이권에 바쁜 의원이 되는 이른바 선량이라는 미명으로 통하는 길이 대학생활에서부터 길이 난 것인지 모른다. 원칙과 법이 정해진 길을 이탈하면 그 나라와 사회는 이미 굴곡된 사회이기에 불만과 거짓이 팽배한다. 으레 정치가들이 범죄에 연루되면 전부 결백을 앞세우지만 정작 범죄가 탄로 나면 말 바꾸는 영혼 없는 일이 태반이었음도 학창생활의 정도(正道)가 무너졌기 때문일 것이다.

아마도 현재 교수들의 3분지 2는 도태라는 그물에 걸려야 되고, 이들을 어떻게 퇴출하는가에 따라 대한민국의 길은 달라질 것이다.

나는 대학교수 시절이 낙제였다. 많은 글을 쓰고 학생들을 열성으로 지도했어도, 기어 낙제라는 말을 스스럼없이 붙일 수 있는 바보 교수 생활을 했기 때문이다. 그러나 영악하고 보직전담교수의 퇴임 이후의 모습이 초라 한 것과는 다른 내 교수의 길에 후회가 없다. 그 때나 지금이나 출근 안하는 일만 다르지 생활은 다름이 없기 때문이다.*

# 노시인의 아들 죽음

후백 황금찬 시인은 내가 칠순 때(1918년생) 그의 연구를 모아 한 권의 책으로 출간한 인연을 가지고 있다. 그러니까 지금부터 무려 21년 전(1989년 3월)이 되는 셈이다. 그분과는 문학의 행사장에서 재치 있는 축사로 노익장을 과시하는 일은 그리고 시에 대한 확고한 신앙을 가지고 말씀하시는 태도는 확실히 내가 만난 노시인 중에 기억에 남는 분이셨다. 가령 문학잡지의 시상식장에서 나는 심사위원장이었고 황선생은 축사를 하는 등 그렇게 만나는 일이 고작이었지만 항상 시집을 출간하면 손수 보내주시는 호의를 가지고 지금까지 지내왔다. 고생으로 가정을 지켜온 사모님도 돌아가셨고, 또 애통하게도 이화여대에 다니던 딸이 먼저 간 일을 기록한 수필집―<너의 창에 불이 꺼지고>는 영화화 된 적도 있었다. 평생을 담담하게 욕심 없이 살아온 일은 잘 알려진 일이지만 건강한 모습으로 만날 때마다 다감한 칭찬을 했다는 말―아들 도제 편에 가끔 듣고 있었지만 이제 그런 가교가 없어졌다.

후백 황금찬의 모습은 텁텁하고 자상한 할아버지라는데 이론이 없을 것이다. 그런 친근미의 시인에게 다가온 슬픔은 다시 장성한 아들이 작년에 세상을 떠난 일이다. 그는 내 후배였고 오래전부터 형님이라는 말로 다정다감했던 기억을 잊을 길이 없다. 내 성격이 까칠해서 좀처럼 후배와 가까운 교분을 나누는 기회가 없었지만 황도제와는 항상 친근하게 다가온 그의 음성이었다. 그런 그가 아버지보다 먼저 세상을 떠나갔고(2009.1) 이제는 아버지와 나와의 관계만 덩그러니 남았다.

2010년 3월 16일 <고향으로 가는 흰 구름>의 시집을 보내왔다. 육필의 봉투에는 연륜의 흔적이 가라앉아 있었지만 그 시집의 내용은 먼저 간 아들과 목련꽃의 일화를 시로 토하고 있어 가슴을 저리게 한다.

자식의 죽음은 가슴에 묻는다했다. 일찍이 정지용은 <유리창>이라는 작품에서 먼저 떠나간 아들의 슬픔을 새로 비유했다. 이를 되짚어 올라가면 허난설헌은 <哭子>에서 딸과 아들을 연이어 저 세상으로 보내고 浪吟黃臺詞 血泣悲呑聲 (하염없이 슬픔의 노래 부르며, 피눈물 나오는 슬픈 울음 삼키고 있네)처럼 피를 토하는 참혹함을 견딜 수 없어 피눈물의 하소를 시로 읊었다.


해마다
목련꽃 철이 되면
도제가 와서
목련꽃 시를 쓴다면서
반나절씩
꽃나무 밑에 섰다가 가곤 했다.

금년에는
꽃이 다 지고 말아도
시인의 모습은 보이지 않았다.

울고 있었다.
내가 아니고

꽃나무들이다.
눈물도 울음소리도 없이 우는
목련꽃 나무

황금찬 시집 ≪고향으로 가는 흰 구름≫ <목련꽃> 중에서

시집을 받고 다음 날 아침 나는 전화를 걸었다. 쌍문1동 청한 빌라 3 동 101호는 그의 둘째 아들과 함께 사는 집이다. 전화를 걸면 으레 후백이 받는 전화로 보면 아마 아들과는 달리 쓰는 전화가 아닌가 한다. "선생님, 시집 잘 받았습니다"에 대뜸 "미안합니다, 딸이 죽고 아들 죽고, 정말 미안합니다"에 이를 때는 이미 목에 물이 젖어 떨리고 있었다.

울컥 솟아오는 비극이 내 전화로 슬픔을 불러오는 것 같아 할 말이 얼른 생각나지 않았고 "건강하시라"는 말에 이어 돌아온 후백의 말은 "그러나, 시는 쓸랍니다"에 내 대답은 "그러셔야지요. 시는 생명의 에너지이니까요"라는 대답이 고작이었다. 내말이 무슨 특별한 의미는 아닐 것 이지만 그가 시에 모든 것을 투척하는 일은 감동스러운 일이었다. 허무의 인생살이에서 자칫 시조차 허망을 메우는 위안은 아닐지 모른다. 그러나 허무와 허망이 교차하는 세상사에 시라는 그물이 없다면 아마도 표류하는 인생의 강물은 너무 지향 없을 것이리라.

오래 사는 것도 슬픔을 보는 창문이 넓어지는 이유가 된다면 이도 운명일 것이다. 왜냐하면 뜻대로 할 수없는 인간의 숙업을 미리 임의로 청산할 수는 없기 때문이다.

이제 후백과의 교분은 얼마가 될지 모르겠다. 이미 90의 높이를 올라 고향을 생각하는 시의 흐름으로 볼 때, 예감의 조짐이 보이기 때문이다. 통화를 옆에서 들었던 아내는 봄이 오면 후백을 불러 우리 집에서 행사를 해보자는 말에 머리를 끄덕이는 아침은 마냥 쓸쓸하다.*

# 추억

    인간은 어디에서 무엇을 하는가에 평가는 그가 한 일과 비례한다. 생전에 과대포장으로 허세를 부린 사람의 결말은 항상 초라한 오두막에 은거하게 된다. 왜냐하면 진실은 항상 마지막에 찾아오는 손님이기 때문이다. 만약 진실이 맨 앞자리에 자리를 점한다면 위장하고 거짓의 말은 그만큼 가치를 발휘할 수 없을 것이기 때문이다.

    나는 인생에 허세를 부리면서 나를 높이려는 일에는 멀리 있었던 일생이었다. 때문에 학교에서도 보직을 맡기 위해 노력 해 본적이 없고 그냥 학생을 가르치는 일과 글쓰기에 오로지 매일 정신을 집중했었다. 보직－왜 좋은가를 생각해본다면－자기를 내세우는 직함의 위세라는 것을 생각할 수 있을 것이다. 나는 어디에 무엇을 감당하는 실력이 있다는 일종의 허세가 될 것이다. 명함에 큼지막하게 자기를 자랑하는 일은 무엇보다 인생을 가볍게 하는 일이라서 나와는 인연－그보다는 초라하게 혹은 구걸하면서 사는 일과는 구미에 안 맞는다는 편이 좋을 것이다. 때문에 대학 15년의 긴 시간에 나는 연구실과 컴퓨터라는 것과 학생을 가르치는 일이 전부였다.

    그러나 문학비평가협회 2대 회장을 맡았고, 전국대학문예창작학회

의 초대회장을 맡았다. 전자부터 설명을 하자면—내 1년 대학후배 홍
모—그는 뒷날 총장을 했었다. 문학평론가협회에 10년 동안 회비 한
푼 안낸 그가 조연현선생이 만든 문학평론가협회 회장이 되기 위해 임
모라는 평론가와 짜고 총회에 70여 명의 대학원생을 한꺼번에 입회—
투표권이 돌아갈 수 없지만 임모의 간교(奸巧)에 의해 총회에서 통과를
위한 검은 일을 마다하지 않았고 훗날 무슨 친일사전이라는 것을 만든
장본인이었다. 그러나 당시에 이른바 원로평론가들이 긍정하는 무기
력한 모습을 보고 분연 반대의 깃발을 올린 비평가는 이인복—비평가
협회 초대회장이 되었다. 이유식과 내가 반대하지 않았다면 아마도 문
학비평가협회는 없었을 것이다. 그날 치열한 싸움의 결과는 문학평론
가협회를 떠나는 일이 시작되었다. 아니 접수한 이후 회장이 된 그는
우리를 이유 없이 제명했다. 이 또한 우스운 일이었지만 그렇게 살아
온 그는 훗날 내 모교에 총장이 되었으니 총장의 가치가 술수에 얼마
나 무기력한 자리인가는 짐작이 간다. 나는 문인협회나 대학의 수장을
투표에 결정하는 일이 얼마나 초라한 일 그리고 술수를 가진 사람에
의해 선출되는 가를 잘 안다. 때문에 그런 지식인의 자리는 단연 추대
라는 결정을 가져야 한다고 믿는다. 기실 문인협회만 해도 추대 때의
이사장은 말썽 없는 문학적 신망이 두터운 사람이 맡았지만 선거이후
는 거의 여자관계의 스캔들이나 직업이 없는 사람이 장악하는 결말—
이는 선거 꾼에 의해 좌지우지하는 일이 되었다. 민주주의는 지식사회
에는 타당성이 없는 경우가 흔하다. 그러나 정치판에서는 최선의 방법
일 것이다.

　이리하여 이인복교수가 초대 회장으로 추대되고 나는 2대 회장이
자연 승계되었다. 물론 심포지엄이나 회지를 발간하는 일도 순조롭게
진행되었다. 그러나 정말로 비평계를 위한 일들을 하고 싶었지만 비평

가의 타이틀과는 달리 제대로 비평을 쓰는 안목이나 문학적인 비전이
나 사고를 가진 사람이 없다는 빈곤의 문제는 한국비평계의 현상이라
는 문제 앞에 좌절의 이름이 걸리곤 했다.

나는 좌파문학의 문제—정확히는 민중문학이라는 포장에 맹렬하게
반대했다. 이는 80년대 이후 내 글은 시종일관 그들의 문학은 문학이
아닌 '개구리 떼가 노는 연못'이라는 혹평을 했고 이들을 주도하는 비
평가들을 공격하고 살아왔다. 지금도 그런 평필을 거둔 것은 아니지만
'08.1월호 <월간문학>에 '좌파문학 극복'의 글을 쓰고는 자제하려한
다. 왜냐하면 소기의 글을 썼다는 임무 완수와 같은 그런 소임에 대한
짐을 내려놓고 싶기 때문이다.

나는 문학창작과를 맡은 이후 여간 정력적으로 일했다. 열성과 열성
이 하루하루의 일과의 모두였고 여기에 이상한 기류가 흘러오면 나는
단연 거부의 몸짓으로 오로지 문창과를 위한 일이 모두였다. 첫째는
학생에 대한 열정이었다. 처음 시작하는 과이기 때문에 길을 넓히고
열어 주는 일이 나의 일에 최대 관심사였다. 문학을 위해 오로지 교과
서가 아닌 경험의 확장에 심혈을 투척했다. 알만한 문인을 초대하는
일이 나의 몫이었다. 문정희, 황금찬, 조병화를 위시해서 구인환 등 내
노라하는 문인들을 초대하여 문학 강의를 했으니—문학은 접해보는
일이 얼마나 중요한 가를 가르치는 일이었다. 열성으로 다닌 문학기행
은 문학의 견문과 작가의 삶을 조망하는 산교육이었다. 안동, 강진, 철
원, 부안 등 가야할 곳은 모조리 답파했었다. 그러나 문예창작과를 만
들어 강의를 하다 보니 졸업 후가 학생들에게 공허했다. 다시 말해서
졸업장 한 장을 달랑 들려주고 졸업시키는 일이 솔직히 미안했다. 하
여 전국의 문예창작과 교수들을 소집해서 전국문예창작학회를 조직
했다. 한국일보 앞에 있는 잡지회관에서 2000년 겨울 자격증을 주는

임의단체를 결성했고 거기서 나는 초대 회장을 맡았다. 아울러 졸업생에게는 소정의 과정을 거쳐서 문예학습지도사라는 자격증을 발급했다. 이런 일은 나의 외로운 결단이었고 이로 인해 자격증을 걸고 실제로 도움을 받는 졸업생이 전국에 많다는 것은 나의 결단이 좋은 선물이 되었을 것이다. 몇 번의 지방에서의 세미나와 전국학생들의 글짓기의 시상 등은 내가 대학교수로서의 좋은 추억이 아닐 수 없다. 학생에게 도움이 되는 것—이는 인생의 진로는 개인 스스로가 결정하더라도 기회를 제공하는 일은 지도자가 마련해야 한다는 소신이다. 내가 신흥대에서의 연구실 은거생활이었을지라도 대외적으로는 화려한 길이었음을 스스로 자위하는 것이 된다. 돌아보니 <미래시 동인>을 결성했던 일과 더불어 내 삶의 보람진 추억일시 분명하다.*

# 변 명


| 초판 1쇄 인쇄일 | 2011년 10월 20일 |
| 초판 1쇄 발행일 | 2011년 10월 22일 |

| 지은이 | 채수영 |
| 펴낸이 | 정구형 |
| 출판이사 | 김성달 |
| 편집이사 | 박지연 |
| 책임편집 | 이하나 |
| 본문편집 | 정유진 |
| 디자인 | 정문희 |
| 마케팅 | 정찬용 |
| 영업관리 | 한미애 김정훈 안성민 |
| 인쇄처 | 월드문화사 |
| 펴낸곳 | 새미 |

등록일 2005 13 14 제17-423호
서울시 강동구 성내동 447-11 현영빌딩 2층
Tel 442-4623 Fax 442-4625
www.kookhak.co.kr
kookhak2001@hanmail.net

| ISBN | 978-89-5628-582-5 *03800 |
| 가격 | 13,000원 |